Une certaine raison de vivre

DU MÊME AUTEUR

Comme si c'était moi, Seuil, 2004 ; Points, 2015.

Petit Lexique amoureux du théâtre, Stock, 2009.

Mémé, L'Iconoclaste, 2014 ; J'ai lu, 2017.

Cher François. Lettres ouvertes à toi, Président, Flammarion, 2015.

Thank you, Shakespeare !, Flammarion, 2016.

Nous qui sommes devenus le mauvais temps, Le Cherche Midi, 2018.

Jacques à la guerre, Plon, 2018. J'ai lu, 2019.

Philippe Torreton

Une certaine raison de vivre

Roman

Robert Laffont

ISBN 978-2-221-25479-0
Dépôt légal : août 2021
Éditions Robert Laffont – 92, avenue de France, 75013 Paris

À Elsa

« On a pu te dire qu'il fallait réussir dans la vie.

Moi, je te dis qu'il faut vivre, c'est la plus grande réussite au monde. »

Jean Giono[1]

---

1. *Les Vraies Richesses*, © Éditions Grasset & Fasquelle, 1937.

1947

1.

Après avoir actionné plusieurs fois le heurtoir de l'imposante porte en bois, Jean, arrivé enfin à destination, s'abandonna à un énorme bâillement qui mobilisa tout son corps. Fatigué, il avait quitté Paris la veille dans l'après-midi, alerté par une lettre reçue le matin même. Il avait malgré tout pris le temps de téléphoner au théâtre afin de dicter un mot à l'attention des comédiens, où il regrettait de ne pouvoir assister à leur « deuxième », disant qu'il reviendrait d'ici deux jours, avait totalement confiance en eux mais précisait que le succès de la veille ne devait autoriser aucun relâchement, demandait aussi de ne pas s'inquiéter et de ne pas hésiter à confier Rachel à sa mère si sa présence dans les coulisses devenait bruyante.

Jean se sentit poisseux et perclus par cette nuit passée dans le train suivie d'une pleine matinée en car depuis Avignon *via* un chapelet de villes et de villages qu'il connaissait par cœur, le tout avant d'arriver, nauséeux, sur les hauteurs de Banon. Après avoir donné un coup de main au chauffeur pour descendre les bagages depuis le toit, il prit le temps de tousser une cigarette en regardant quelques femmes grises récupérer leurs panières posées au sol et de fixer un petit groupe d'affaneurs charger leurs épaules de sacs dont les toiles hérissées de pointes laissaient deviner les outils lourds et coupants qu'ils contenaient. Une fois le mégot aplati sous la semelle, il lui faudrait encore remonter quelques centaines de mètres pour se tenir devant la porte en chêne de l'hospice.

Le bâillement fit pleurer ses yeux. Il les essuya rapidement du dos de la main avant que la porte ne s'ouvrît, il n'éprouvait pas de chagrin et ne voulait pas que l'on pût penser qu'il en eût. La journée s'annonçait lourde de soleil mais l'air, refroidi par les arbres qui coiffaient entièrement les cimes alentour, tempérait délicieusement sa force et donnait à l'ombre de l'hospice un supplément de fraîcheur déjà précieux en cette fin de matinée.

Un bruit de galoches martelant la terre cuite d'un couloir annonça que la porte ne tarderait pas à s'ouvrir. Au tintement lourd de la ferronnerie, Jean se redressa pour se donner un peu d'allure. Une femme épaisse se présenta devant lui et s'empara aussitôt de la lettre qu'il venait de lui tendre en même temps que leurs *bonjour* se chevauchaient. Elle l'engagea à la suivre.

Jean marchait derrière la femme aux jambes fatiguées. Par les portes entrouvertes apparaissaient de vieilles faces silencieuses coincées dans les retranchements de la vie en fin de course. Une odeur d'abandon humain flottait partout et lui serrait la gorge.

— *Asseyez-vous là, je vais prévenir monsieur le Directeur.*

Jean posa son sac sur la chaise en paille pointée du menton par la grosse dame. Il préféra rester debout, songea qu'il aurait pu laisser ce sac à l'hôtel et se ravisa en prenant conscience qu'il serait certainement amené à récupérer quelques affaires.

De temps en temps, une longue plainte venait rompre le silence pesant de l'hospice et ajoutait une touche de désolation à la scène. L'endroit était propre et bien tenu mais la fin de vie s'arrange toujours pour désespérer sa tanière.

— *Vous pouvez me suivre.*

Jean reprit son sac et pénétra dans le bureau, en frôlant la forte femme restée dans l'encadrement de la porte. Il fut accueilli par un petit homme rapide et boudiné dans un costume trois pièces dont le gilet, tendu comme un ballon de caoutchouc, se barrait d'une chaînette en argent coincée par les plis du tissu comme du barbelé sur un tronc d'arbre. Il pria *Marie-Thérèse* de se retirer, ce qu'elle fit très lentement sans quitter des yeux le visiteur. Juste avant de refermer la porte du bureau, sa tête réapparut pour prévenir qu'elle reviendrait avec *ses affaires.*

— *Amédée Panisson, directeur de l'hospice. C'est moi qui vous ai écrit, monsieur Fournier.*

Jean serra la main qui attendait déjà. Invité à s'asseoir, il avait à peine amorcé un mouvement que monsieur Panisson avait rejoint son fauteuil. La vivacité du petit homme jurait étrangement avec l'endroit aussi compassé que figé.

— *Vous êtes de la famille ?*

— *Non.*

— *Un ami ?*

— *Je ne sais pas.*

— *Votre nom est le seul que nous ayons retrouvé dans ses affaires, grâce à ce livre. Alors je me suis permis de… Vous le connaissiez depuis longtemps ?*

— *Une quarantaine d'années.*

— *Et vous n'étiez pas amis ?*

— *Je n'ai pas dit ça. J'ai dit que je ne savais pas si j'étais son ami. On se connaissait.*

— *En quarante ans, ce serait dommage !*

Monsieur Panisson comprit qu'il serait plus sage de mettre un bémol à son entrain, mais les occasions de babiller n'étaient pas fréquentes et cet étranger débarquant du diable Vauvert représentait une telle source inespérée de parlottes que…

— *Et vous ?… Vous le connaissiez ?*

Il n'y avait pas seulement de la politesse dans la question de Jean, il espérait réellement apprendre quelque chose.

— *Pas le moins du monde. Son état civil indique qu'il a été marié, qu'il a eu un enfant, un fils. Son épouse et cet enfant sont morts, assez vite emportés par la maladie une dizaine d'années avant la Grande Guerre… Lorsqu'il est arrivé ici, il ne parlait plus ou simplement pour proférer des choses délirantes. Impossible de communiquer. Il cachait des poignées de glands et de faines sous ses oreillers et hurlait quand Marie-Thérèse les jetait. Il était berger, c'est ça ?*

— C'est ça…

À travers la seule fenêtre de la pièce, Jean apercevait des hauteurs boisées. Il sentait bien que le brave homme assis derrière son bureau espérait un peu de conversation, de celles qui font avancer les aiguilles des montres à gousset – après tout, n'avait-il pas œuvré pour le retrouver, sans obligation d'aucune sorte ? Il aurait pu se contenter de remiser la vie du berger dans l'oubli, aurait fait son travail et personne n'aurait trouvé à redire. Mais un hasard quelconque avait placé le livre sur sa route et sa curiosité avait fait le reste. Après avoir tourné quelques pages, il avait dû juger qu'il y avait là une piste à explorer, qu'une personne quelque part lui serait peut-être reconnaissante d'avoir pris cette peine. Un recueil de poésie, imprimé chez un artisan, publié à compte d'auteur, une dédicace amoureuse à l'encre bleue signée Alice et ce nom, «Jean Fournier», poète inconnu, le tout conservé dans le bric-à-brac d'un berger sénile… avaient de quoi intriguer, c'est vrai. Mais Jean ne savait que dire et s'en voulait un peu. Ses yeux s'oubliaient et peut-être que si monsieur Panisson avait eu l'idée de lier son regard au sien dans le silence le plus absolu, absorbés tous deux par les arbres qui dominaient la ville, si, après un long moment, les premiers mots prononcés par ce petit homme avaient concerné cette forêt, alors et seulement alors, Jean aurait pu commencer son récit. Mais Amédée Panisson le fixait désespérément, intrigué par sa personne et uniquement par elle.

— *Je vais voir où en est Marie-Thérèse, je reviens.*

Le petit homme avait déjà la clenche dans la main lorsque les yeux de Jean se détachèrent de la fenêtre. Il se retrouva seul et prit le livre, qui pesait à peine sur la pile de feuilles administratives où le directeur l'avait laissé choir. C'était un tout petit fascicule, conçu comme une boîte pour y contenir un outil aux formes singulières, un opuscule étroit et mince comme l'écriture qu'il contenait, pensée qui le fit sourire. Trois personnes seulement l'avaient tenu en main, et l'une d'elles venait de quitter ce monde.

— *Voilà, pardon c'était un peu long… Il n'y a pas grand-chose, tenez…*

Le directeur encore essoufflé sortit d'une caisse en bois un peu de linge, des boîtes en fer vides, quelques papiers, un couteau usé par la main et un petit sac en cuir desséché.

Marie-Thérèse, légèrement en retrait, ne savait visiblement que faire d'une longue tige en fer qu'elle tenait à deux mains. À la vue du sac, Jean s'approcha du bureau. Il négligea la caisse, qui devait peser bien plus lourd que les objets qu'elle contenait, et prit la petite poche dans ses mains comme une relique précieuse.

— *Qu'est-ce que c'est ?*

Un sac, répondit Jean, conscient de ne pas donner assez de nourriture à la curiosité de Panisson.

— *Il y avait ça aussi… Et ça pèse son poids.*

Marie-Thérèse avait décidé d'en finir avec son fardeau, d'autres tâches devaient l'attendre. Le directeur s'empressa, avec un sourire qui se voulait complice, de lui rétorquer que ça n'intéresserait certainement pas monsieur Fournier. Mais Jean tendit le bras vers la barre de fer.

— *Je peux les garder ?*

— *Vous pouvez tout garder ! Personne ne viendra nous les réclamer, vous savez.*

— *Non, seulement le sac et la barre de fer.*

Panisson ne parvenait décidément pas à raccrocher le peloton, il restait distancé, à la marge des préoccupations du visiteur. Ne sachant que faire, il choisit de plonger dans quelques dossiers pour retrouver une contenance et surtout brider cette curiosité qui le faisait lancer des points d'interrogation remontant systématiquement bredouilles.

— *Vous allez me signer quelques papiers. La paperasse, toujours la paperasse… hein ?*

Jean se tourna vers la voix, les yeux manquants, et prit le porte-plume qui s'agitait dans la main de Panisson. Toujours plongé dans ses pensées, il émargea les documents aux emplacements indiqués. Dans le silence qui suivit, il rassembla les affaires tandis que le directeur tapotait les feuilles fraîchement paraphées pour les ajuster méticuleusement entre elles et les ranger dans un tiroir récalcitrant.

— *Où se trouve sa tombe ?*

La question figea Amédée Panisson. Il l'avait prévue mais ne s'attendait pas à la voir surgir au débotté, qui plus est à l'instant du départ. Marie-Thérèse vint à son secours en précisant qu'une tombe, c'était beaucoup dire parce qu'il reposait dans le carré des indigents au cimetière communal.

— *Merci pour vos recherches et votre patience.*

Monsieur Panisson était déjà debout à côté de Marie-Thérèse. Sa main, tendue trop tôt, attendait son alter ego parisienne qui, comme à l'aller, tardait à venir. Une fois les pognes serrées, trop heureux de l'absence de réaction faisant suite à cette révélation, le petit homme se fendit d'un sourire modeste en réponse aux remerciements de Jean.

— *Vous ne prenez pas son couteau ?*

Jean se tourna vers Marie-Thérèse qui tenait l'objet. Elle ajouta un *quand même* qui le décida à s'en saisir.

— *Ah oui… Merci beaucoup.*

Parmi les pauvres objets réunis dans la caisse, ce couteau faisait figure de trésor. Le laisser aurait de toute évidence causé un grand trouble chez cette dame pratique. De sa poche, elle tira aussi quelques glands.

— *Tenez ! Qu'est-ce qu'il a pu m'escagasser avec ça, j'en retrouve encore partout.*

Jean prit les glands desséchés et les regarda intensément. Maintenant il voulait partir au plus vite et libérer ses souvenirs, seul, sans questions, sans regards, retirer toutes les branches et laisser le cours d'eau de sa mémoire reprendre son lit.

Il les remercia encore et s'éloigna. Marie-Thérèse insista pour le raccompagner jusqu'à la sortie, et, juste avant de refermer la porte de l'hospice, lui précisa que, pour le cimetière, c'était plus rapide en prenant directement sur sa droite. La grosse dame avait lu dans ses pensées.

*

La grille du cimetière était heureusement ouverte, Jean ayant les deux mains prises, son vieux sac de randonnée d'un côté, de l'autre, la longue tige en fer. Le cimetière n'étant pas bien grand, il n'eut aucune difficulté à trouver le carré des indigents. Un carré qui n'en était pas un. Un coin de terre meuble, vaguement délimité et parsemé de croix en bois fichées au hasard, certaines tenant encore debout, d'autres tombées d'épuisement et reposant à même la terre. Évidemment, lui revinrent en mémoire les cimetières improvisés à la hâte dans les premiers mois de la Grande Guerre, fosses gavées de corps jusqu'à la gueule, recouvertes de terre et piquées de croix en bois jaune, pour la plupart sans nom. Un sourire de Rachel souffla sur la guerre et sa mauvaise troupe de souvenirs.

Un mince rectangle de chêne neuf cloué à l'horizontale sur un pieu vermoulu attira son attention. C'était lui.

Elzéard Bouffier
13 octobre 1858-11 mai 1947

Bouffier avait cinquante-cinq ans lorsqu'il l'avait rencontré, un an avant la Grande Guerre, c'est du moins ce que donna un rapide calcul. Cinquante-cinq ans, toute une vie déjà, alors que Jean entamait timidement la sienne, que le monde courait vers la catastrophe et qu'il arpentait une dernière fois ses collines désertes avant d'aller retrouver les grisailles d'une armée en branle-bas. Jean avait toujours aimé marcher. Même lors de ses premiers pas dans la capitale, il avait préféré tout faire à pied. Son crâne encore vibrant des vents provençaux s'était refusé aux galeries souterraines du métropolitain et son corps habitué à la solitude s'était montré rétif à la perspective de se compresser dans les tramways aux heures de pointe.

En 1913, Jean venait tout juste de quitter Manosque pour un emploi au Comptoir national d'escompte, rue Bergère. Tout cela s'était réglé précipitamment, car il fallait travailler, abandonner les études et la promesse d'un diplôme. Jean était doué, son professeur de lettres lui promettait une belle carrière dans l'enseignement mais les difficultés financières de ses parents en avaient décidé autrement. Il s'était donc retrouvé un jour dans la cohue d'un hall de gare, seul, l'adresse d'une chambre en poche, et trop de bruits, trop de gens, trop de choses à regarder. Sa logeuse, une parente du premier adjoint de Forcalquier, se trouvait dans le nord de Paris. Au soleil il avait estimé qu'il fallait prendre la ville de biais et tracer en ligne droite. Depuis ce premier jour, il avait donc tout fait à pied, par tous les temps, des heures et des heures de marche dans la folie urbaine, toujours à l'instinct et aux points cardinaux. Une fois sur zone il affinait son parcours en demandant des précisions à la maréchaussée. Si bien qu'en deux ans de pérégrinations parisiennes, la moitié des effectifs policiers de la capitale l'avait renseigné.

Jean laissa son sac et la tige en fer au pied de la croix du berger et entreprit de sillonner les allées. Il y avait peu de chances, mais ce serait trop bête qu'ils reposent à quelques mètres, séparés. Il ne s'attardait pas sur le granit et le marbre, il recherchait les sépultures abandonnées, les oubliées, les remisées attendant la pelle du fossoyeur. Et ce fut dans un coin sombre qu'il les trouva. Parmi quelques tombes presque invisibles se tenait une croix penchée. Il la releva.

Léopoldine Bouffier née Blandin
1878-1907
Joachim Bouffier
1902-1907

Ils étaient là, invisibles, morts dans la mort. Un sourire.

Jean savait quoi faire pour le remercier, enfin.

*

L'hôtel des Voyageurs était presque vide à en juger par les clefs suspendues au-dessus de la jeune fille. Mal à l'aise derrière son comptoir, elle en remit une à son unique client qui lui réclama, en retour, quelques feuilles de papier, un crayon et si elle pouvait lui monter de quoi dîner. C'était beaucoup lui demander, des mots sortaient de sa petite bouche sans former de véritables phrases. Elle devait prendre des décisions et, visiblement, on ne l'avait pas habituée à ça.

— *Du papier… pour écrire ?*

— *Oui. Et de quoi manger… N'importe quoi.*

Jean, pressé de regagner sa chambre, s'efforçait de ne rien laisser paraître afin de ne pas affoler la réceptionniste, qui avait commencé ses recherches de papier et crayon. Un embarras supérieur la désaccordait, ses yeux ne regardaient pas ce que ses mains saisissaient. Tâtonnant de la sorte, elle finit par lui dire que la cuisine était fermée. Le silence de Jean lui fit relever la tête.

— *Mais je peux vous trouver un morceau de fromage et du pain si vous voulez ?*

— *Ce sera parfait.*

Ses mains fiérotes remontèrent quelques feuilles vierges et un crayon de bois édenté de dessous le comptoir. Marie-Thérèse avait vu juste avec le couteau.

Jean la remercia. Juste avant de s'engouffrer dans l'escalier ciré, il se retourna et demanda qu'on lui portât également une bouteille de vin et un verre. Un air de grand tracas s'invita derechef sur le visage de la jeune fille.

— *Les bouteilles sont sous clef, mais je peux vous tirer un pichet.*

— *Parfait, merci mademoiselle.*

La chambre, petite, disposait d'une fenêtre étroite qui donnait sur la cour mais, par-dessus les toits des bâtiments, Jean pouvait voir les collines, c'était déjà ça. Il entreprit de déplacer un maigre secrétaire et de le placer sous les vitres pleines de bulles. Il ne voulait pas écrire avant que la jeune fille lui apporte sa collation, elle ne semblait pas du genre curieuse mais il pensa que ce serait plus prudent d'attendre d'être vraiment seul.

Elle ne traîna pas. Elle avait disposé les morceaux de fromage sur un lit de salade oubliée et, pour faire nombre, un bout de lard un peu foncé s'était joint à la préparation. Elle bredouilla quelque chose qui laissait supposer qu'elle ne tarderait pas à se coucher et que s'il avait besoin de quoi que ce soit d'autre, fallait pas traînasser. Jean la rassura, tout était parfait. Un petit sourire satisfait referma la porte.

Les miettes de pain et de fromage jonchaient maintenant le bois clair du secrétaire. L'angle de vision depuis la position assise lui permettait de ne voir qu'une canopée verte. Toutes ces forêts étaient le fait du berger, et ils n'étaient pas nombreux à le savoir, une poignée d'êtres humains. Le ruissellement d'arbres depuis les reliefs les plus reculés était son œuvre. Non, *pas son œuvre*, pensa-t-il, il n'y a pas d'œuvre là-dedans, juste du bon sens et du courage, une ténacité farouche accrochée aux mains quand la tête rechigne et aux muscles de la mâchoire lorsque les mains et le dos n'en peuvent plus. Jamais la conscience d'une œuvre à faire n'aurait pu accoucher d'un tel chamboulement, l'estime de soi l'aurait stoppé prématurément, songea-t-il. Quelque chose avait animé Elzéard Bouffier et ce quelque chose avait peu de rapport avec la conscience humaine d'un projet à mener à bien. Cet homme simple avait su, sans doute sans le vouloir, caler son rythme sur celui de la nature, et la nature n'a aucune intention, elle pousse, elle tire, craque et souffle, inonde de pluie ou de soleil, sans projet. Toutes les existences qui la composent subissent cette grande mâchoire en une destinée étroitement imbriquée. Cet homme avait su devenir un rouage de cette pétrisseuse, un simple rouage, comme le vent ou la pluie. Comme si la nature avait ajouté une corde à son grand arc en la simple personne d'Elzéard.

Jean n'avait pas encore écrit le moindre mot, mais, attablé à son poste d'observation, les doigts occupés à presser les miettes et à les porter lentement à sa bouche au rythme des pensées qui l'envahissaient, les yeux abandonnés au souvenir, il songeait qu'il pourrait rester comme ça toute la nuit, cette nuit qui étendait maintenant son aile d'ombre sur les hauteurs.

Jean était le seul témoin direct d'un homme exceptionnel. *Exceptionnel*, le mot lui plut. Il le coucha sur le papier.

1922

2.

Maman... J'ai la panse qui dégouline, elle sort de mon ventre à chaque sursaut de douleur. Je vomis mes boyaux par une fente... La guerre a fait de moi une fille, une mauvaise fille honteuse qui accouche dans le fossé, une main nouée à une branche et l'autre sanglante entre ses cuisses pour retenir la vie glissante. Mon intérieur, je voulais le garder pour moi, et voilà que tout se répand. Ma main est trop petite, ça coule, ça passe au-dessus en dessous sur les côtés entre les doigts, ça file. Je suis un panier percé.

Jean arrêta de lire, il frissonnait, il avait froid. Paris dormait encore. L'immense troupeau urbain commençait à peine à fourbir ses armes de café, de pain gris et de soupe de la veille réchauffée sur la fonte. Jean regardait devant lui, son regard portait loin. Il était debout sur la zingure de son toit, pieds nus, le corps vaguement recouvert d'un drap souillé, ressemblant à un ermite ou à un fou sans âge. Sa main gauche mâchouillait nerveusement une feuille de papier, ses jambes tremblaient, tétanisées par l'effort qu'elles devaient fournir pour compenser la pente du toit. L'air était frais en ce matin d'automne. L'œil de la mansarde brillait encore d'une fin de bougie à deux pas prudents derrière lui. Jean baissa lentement les yeux sur le papier et reprit sa lecture à voix haute, avec la force que donne le vide lorsqu'on est seul.

Vous ne dites rien… y a rien à dire en fait, y a qu'à laisser aller la vie comme on laisse filer la truite trop p'tite pour finir dans l'osier. Maman t'as un beau cul c'est ça que j'aimerais te dire tout de suite. Je l'ai vu un matin d'hiver dépassant de sa rabouillère de draps humides, et ce cul-là je l'ai jamais retrouvé… J'ai froid… mon ventre fume… Je suis mou et j'ai froid… Maman pense à ton gars qu'est loin et qui meurt.

Il décida de rentrer, battu par la fatigue, l'ivresse, l'errance. Les pieds en premier, Jean regagna sa chambre. La bougie s'était éteinte. Il disparut, avalé par le vasistas. Un bruit de bouteilles vides trahissait des pieds hésitants. Sa main finit par saisir la tige métallique de la lucarne. Alors le toit du 7, rue Lentonnet put retrouver sa quiétude pigeonnante.

*

Jean courait dans une terre grasse et collante, la peur au ventre, secoué par la mort. L'acier s'éparpillait. Le ciel, la terre, les hommes tout se disloquait.

Jean avait vingt-deux ans et il avait peur. Il était devenu un matricule au 140e régiment d'infanterie, bien loin de la Drôme, à Suippes.

*

Seconde bataille de Champagne, 26 septembre 1915.

La guerre avait un an.

La progression de la veille semblait déjà un lointain souvenir et des milliers d'hommes se retrouvaient comme lui, perdus, sans nouvelles.

Les sous-officiers disparaissaient et les promus sur le vif les suivaient inéluctablement. Les ordres explosaient en vol avec les hommes qui les portaient et la deuxième ligne allemande restait intacte, contrairement aux prédictions des stratèges, comme si les longs tirs de préparation n'avaient servi à rien.

Jean suivait le caporal Gosselin. Initialement l'objectif était d'atteindre cette deuxième ligne, mais, en cet instant, le plus urgent consistait surtout à savoir dans quelle direction avancer. Alors Jean avait décidé de se caler sur Gosselin, un Normand brave et instruit, instituteur, toujours prêt à aider au front comme à l'arrière, qui corrigeait les équipements et les lettres aux familles, prenait la plume pour ceux qui ne savaient qu'en faire, remontait le moral et les frocs qui traînaient. Un gars bien. Toujours impeccable. Jean le suivait, c'est toujours plus facile de suivre quelqu'un, ça donne une illusion. Jean le suivait, et chaque pas derrière lui ressemblait à un début de quelque chose. Jean le suivait et chaque mètre derrière lui devenait un chemin possible… et puis.

Et puis le gars Gosselin se retrouva coupé en deux au niveau du ventre, deux morceaux tranchés à la cisaille. Il y eut un souffle.

Jean fixait son caporal. Sa tête faisait une grimace, figée dans la plus horrible des postures : la langue sortie, un œil trop ouvert et l'autre trop fermé, il était mort en un monstrueux clin d'œil.

Un trou derrière lui. Une béance, comme si la guerre avait arraché une gigantesque molaire à la mâchoire de la terre, Jean fit quelques pas en reculant et dégringola dans l'entonnoir.

Dans le fond, une eau croupie l'attendait. En surface, les explosions reprenaient de plus belle. Cette chute en arrière lui avait donc sauvé la vie. Jean était maintenant recroquevillé, le corps à moitié immergé dans cette flotte pourrie quand une déflagration toute proche fit roter le sol et l'eau. Alors il y eut le silence et la nuit. Une masse de terre venait de le recouvrir. Ses mains cherchèrent la lumière comme des racines qui se trompent de sens. Il sentit une boue liquide sur ses jambes – il était dans le bon sens. À force d'ongles et de doigts coriaces, il tenta de se frayer un chemin. Son corps étrangement calme, poussé par un instinct de survie, ondula telle une larve d'insecte jusqu'à ce que le bout de ses phalanges n'eût plus rien à gratter, jusqu'à ce que ses mains, ses bras sortissent de terre, puis sa bouche encombrée de bourbe et, enfin, ses yeux exorbités.

Un voile blanc flottait devant lui. Un grand voile blanc comme une robe, une robe et un visage, un visage souriant et lointain et puis plus rien.

La guerre était partie.

1937

3.

Charlotte avait le théâtre pour horizon. Rien ne pourrait l'empêcher de devenir comédienne. Ses parents y avaient renoncé, bien que cette activité dévorante de leur fille unique heurtât la discrétion timide de cette famille fraîchement installée dans ce pays sécurisant.

Elle portait toujours sur elle un exemplaire du *Misanthrope*, son rêve étant de jouer Alceste – elle détestait Célimène et Arsinoé l'ennuyait à mourir. Ce classique, acheté neuf, avait déjà les stigmates du livre torturé par les incessantes manipulations qu'exige le « par cœur ».

Elle remontait le boulevard Saint-Germain en courant comme à l'habitude. Charlotte était vive, toujours en retard. Aujourd'hui, la troupe devait reprendre ses répétitions en travaillant sur les étranges monologues d'un jeune auteur timide, récemment rencontré par le metteur en scène.

L'auteur serait là et Charlotte en était ravie.

*

— *On vous attendait.*

— *Je suis désolée, l'audition a été plus longue que prévu.*

— *Enfilez ça ! Mais ne l'abîmez pas, c'est un prêt.*

Charlotte attrapa au vol la robe de mariée lancée par Gaston, le metteur en scène, tout en distribuant à l'équipe des baisers rapides en portant la main à sa bouche. Ses yeux cherchaient l'auteur.

— *Quand Charlotte sera prête nous reprendrons votre texte. Bastien, je vous ai laissé un peu sur votre faim, hier soir, et je m'en veux, mais je n'avais rien de bien constructif à vous dire. Charlotte ?*

— *Deux secondes et je suis à vous !*

Bastien, un Marseillais fraîchement débarqué à Paris, décida de monter sur scène pour calmer l'impatience du jeune « maître » qui ne supportait pas les retards en général et ceux de la comédienne en particulier. En chemin il fit de gros efforts pour ne pas croiser les moues fatiguées de ses camarades : ce travail en cours était une lubie de Gaston qui passait mal dans la troupe, les monologues étant morbides, ressassant les horreurs de la guerre. La plupart n'en voyaient pas l'intérêt et souhaitaient retourner aux « vrais textes » au plus vite, autrement dit à Claudel.

Le jeune Bastien était timide, et trop content, pour avoir ce genre d'états d'âme. Il n'en revenait pas d'être à Paris et déjà intégré au groupe de travail d'un metteur en scène prometteur. Il avait répondu à une annonce, s'était présenté et, au bout de cinq minutes, quand Gaston avait demandé s'il connaissait un texte, il avait confessé n'en savoir réellement qu'un : *Le Loup et le Chien*. C'était risqué. Mais, une fois la fable terminée, le maître lui avait avoué qu'il le réconciliait avec La Fontaine et ordonné, d'un sourire sévère, de ne jamais perdre son accent. Depuis, il se vivait comme un miraculé.

Il prit un calot et se l'enfonça sur la tête.

Charlotte, robe enfilée, s'apprêtait à rejoindre la scène lorsque ses yeux s'arrêtèrent sur une silhouette pâle, ratatinée entre un vieux limonaire et une pile de chaises en peine de rempailleur, recroquevillée dans le coin le plus reculé de la baraque en bois qui abritait la compagnie. L'auteur était bien là, assis sur une fesse. Elle se dirigea vers lui.

— *Bonjour monsieur Jean ? Pouvez-vous m'aider ?*

Elle n'attendit pas sa réponse, qui, de toute façon, fut un parfait bafouillis, et lui présenta son dos. Il restait quelques agrafes à accrocher. Jean s'y attela.

— *Merci !*

— *Jean…*

— *Pardon ?*

— *Jean tout court, pas monsieur.*

Un sourire de gentille se dessina sur son visage avant de regagner la scène.

Et la guerre revint dans la tête de Jean.

*

Charlotte, Bastien et Gaston échangeaient sur le plateau. En l'absence du « maître » parti répondre à un appel téléphonique, le reste de la troupe s'ennuyait et alimentait quelques conversations périphériques. De temps à autre, des lippes dédaigneuses se retournaient vers l'auteur inconnu.

Quand le metteur en scène revint dans la salle, il fit signe aux uns de se taire, et à Bastien et Charlotte de commencer. Il tourna la tête vers Jean et l'invita, de la main, à se rapprocher, invitation que ce dernier déclina d'un sourire perdu.

Si c'est vrai c'qu'y disent, alors je deviens fou moi. J'en peux plus de ces deux zigues, frangine. Ils ont fait des études et s'y connaissent en plein de choses. Mais moi j'peux plus… Faut qu'y partent. Tu comprends? J'ai pas d'instruction moi, j'ai toujours fait c'qu'on m'dit, toujours. Jamais fait l'malin devant les autres. On m'a dit d'y aller, alors j'y suis allé. Et quand y fallait à la fourchette devant le moulin à café j'étais pas le dernier, et ça là-haut y z'ont dû s'en rend'compte pace que me v'la épinglé, une belle breloque qui m'ont donnée. Parfois j'me dis que j'aimerais pas mourir ici rien que pour la ramener et enfler le poitrail au village… Y verront bien, alors, que j'avions pas fait semblant!

Tout le monde écoutait. Quelques corps s'impatientaient malgré tout sur les bancs, soupirs et croisements de jambes réprobateurs que les regards sévères de Gaston arrêtaient net. Jean, lui, semblait âgé et ténébreux parmi ces visages juvéniles.

Mais si tout ça… tout c'merdier, cette jeunesse qui tombe, c'te boue, ces bestioles qui courent sur les corps des copains, si tout ça c'est pour rin comme y disent les deux autres là qu'ont fait des études ? Si c'est qu'une question d'gros sous de bourgeois, de la combine de riches pour faire taire les pauvres ? Si y en a qui rigolent bien de nous voir patauger là d'dans pendant que ça lève le petit doigt en buvant l'thé dans les salons ? Alors moi je préfère en finir, pace que trop c'est trop…

Charlotte s'approchait doucement de son partenaire, le regard bienveillant mais sans compassion particulière, affichant une écoute lointaine, distante. Elle était belle, ailleurs mais belle. Ses mains saisirent doucement le manche à balai que Bastien tenait et qui était censé représenter un Lebel. Une fois en sa possession, elle fit semblant de l'armer, actionnant une culasse imaginaire, geste que lui avait montré Gaston lors d'une séance précédente. Et une fois le fusil prétendument chargé, elle le remisa dans les mains de son partenaire.

Pis ces choses-là, une fois que tu les as dans l'ciboulot, va t'en donc les enlever ! Ça reste, c'est comme du chiendent, t'as beau arracher, ça r'pousse toujours. J'en peux plus de ces pensées… L'autre jour, j'suis resté d'bout au-dessus du parapet, j'attendais qu'un pruneau fridolin vienne en finir. Dans la boîte à domino et qu'on en parle plus. Mais rin… y d'vait ronfler le Teuton d'en face… Je me suis fait pincer. Le juteux m'a engueulé : qu'est-ce tu fais là qu'y m'dit, c'est-y que tu voudrais t'faire sauter le caisson ? J'te préviens si tu r'descends pas tout de suite j't'enverrais t'expliquer devant le piston. Alors j'suis r'dscendu, et y m'a traité d'lâche devant tout le monde. Y m'a dit que pour ma médaille y z'avaient dû s'gourer, que les gars qui s'foutent en l'air c'est d'la sale engeance. J'les fusillerai tous qu'y hurlait ! … Je suis pas un lâche, faut pas dire ça, j'ai pas triché moi. La guerre j'me la suis cognée en serrant les dents, j'suis pas un lâche t'entends ça ?

Charlotte saisit délicatement les mains de Bastien crispées sur l'arme et dirigea le canon vers son menton. Le regard du jeune Marseillais était empli de grosses larmes sur le point de perler. Ses yeux semblaient dire non et le bout du manche à balai pénétra dans sa bouche.

Le silence s'installa dans la cabane en bois de cette troupe en devenir.

Gaston fit sursauter la galerie en claquant ses deux mains violemment et adressa aux deux comédiens un *merci* sonore rempli jusqu'à la gueule d'une estime franche et massive.

— *Ça me paraît très bien comme ça. Personnellement, c'est comme cela que je le jouerais, Bastien. Qu'en penses-tu, Jean ?*

*

Jean n'était plus là.

À la place qu'il avait tenté d'occuper se trouvait une page de cahier brutalement arrachée. Charlotte traversa la salle, prit le papier et revint vers le groupe en essayant de déchiffrer les quelques mots abandonnés par le fuyard. Sa tête se redressa vers Gaston, un sourire peiné impatientait les deux yeux du metteur en scène.

Merci, merci, merci, vous êtes de drôles d'oiseaux les comédiens, si vous saviez comme je vous envie. La prochaine fois je ne faillirai pas. Amicalement.

Jean

1920

4.

Une cohue d'uniformes essayait de respecter les consignes et les ordres hurlés de partout depuis des moustaches galonnées, mais l'impatience du troupeau d'affamés, confisqués à la vie civile depuis presque huit ans, était une véritable plaie à contenir. Tous ces hommes n'aspiraient qu'à *bandir* de l'enclos militaire pour retrouver les pâturages. On se bousculait, on s'invectivait. L'armée, pour l'occasion, avait vidé ses fonds de poche et retourné ses derniers tiroirs : une quantité de traîne-pattes et de ronds-de-cuir, de binocleux et de boiteux s'émancipaient enfin. Fini le temps du poilu héroïque, ici commençait le règne du scribard tatillon avec formulaires et consignes. La démobilisation était leur guerre, elle commençait maintenant, et la rigueur administrative serait implacable.

Tous les PCDF (pauvres couillons du front) avaient reçu leur carnet de pécule et piétiné dans des centres de regroupement dont certains entourés de séchoirs qui rappelaient des souvenirs maussades et donnaient, en prime, la désagréable impression aux démobilisés d'être retenus prisonniers. Ils s'étaient vus transbahutés dans des trains quinteux chargés jusqu'à la gueule et avaient atterri fatigués et poisseux dans des centres où les attendait une paperasserie militaire à leur faire regretter la belle époque où l'on se foutait sur la gueule sans formulaires.

On avait commencé par dételer les anciens, puis ceux qui avaient des frangins sous des croix de bois, était venu le tour des travailleurs « utiles » à la patrie consommante. Restait plus maintenant qu'à traiter la crème des nerveux, les classes 1911, 12 et 13. Ces gars-là pouvaient partir en quenouille à tout moment, deux ans après le coup de clairon final, ils bagotaient toujours en chaussures à clous, la guerre ils se l'étaient tapée en long en large et en travers, ils auraient bien tout laissé, les primes, les tickets de pain, les fringues en rab' et tout l'tintouin pour rentrer chez eux, vite.

Ça gueulait, ça se pressait, ça essayait de carotter, ça s'empoignait sous les yeux de pandores débordés.

Jean, accroché des deux mains à une grosse planche qui tenait lieu de comptoir, essayait de résister à la houle grognante derrière lui, houle qui le secouait comme un rafiot en pleine tourmente. Il peinait à entendre le juteux préposé aux derniers coups de tampon avant la quille qui survolait ses états de service en groumassant, la tête penchée sur le papier fin. Les yeux de l'administratif se relevaient tout de même lorsque des noms d'hécatombes claquaient son imaginaire de serviteur de l'arrière, deux yeux plissés qui semblaient douter que le charmant jeune homme qui ondulait de l'autre côté de sa digue avait bel et bien arpenté ces coins de glorieux massacres. À la décharge du suspicieux, Jean, du haut de ses vingt-sept ans, peinait à ressembler au combattant conventionné, sa barbe était une blague et son regard juvénile suintait l'enfance.

Mais six ans auparavant, cette enfance souriait.

— *Vous êtes au courant que vous avez quinze jours pour écrire à votre employeur que vous voulez réintégrer votre poste ?*

— *Non.*

— *Bah voilà, maintenant vous l'êtes...*

— *Et sinon ?...*

— *Sinon quoi ?*

— *Si je laisse passer le délai de quinze jours ?*

— *Le poste restera à celui qui l'occupe en ce moment.*

L'officier se pencha un peu vers Jean.

— *« Léger déchet esthétique », c'est quoi ça ?*

— *C'est le médecin qui a noté ça, rapport aux gaz.*

— *Ah ? Jamais compris cette formule.*

— *Moi si !*

— *Et le gaz... c'était où ?*

— *Mont Kemmel.*

— *Ça a drôlement chicoré là-bas...*

Jean n'avait pas envie de répondre à cette face de fesse en attente, alors il la laissa retomber platement sur ses épaisseurs.

— *Vous aurez droit à une indemnité de 250 francs, plus 15 francs par mois de service et 20 francs en sus pour les mois passés dans les unités combattantes. Gardez bien votre carnet de pécule pour vous faire rembourser vos frais. Suivant.*

Et d'un coup de coude, le suivant se débarrassa de Jean.

*

Il lui resterait à supporter encore quelques courants d'air de gares bleu-soldat, quelques stridences de chef de quai, quelques arrêts techniques, quelques correspondances qui ne correspondent plus, des montées et autant de descentes tout en bagages. Il lui faudrait encore vociférer ses renseignements entre deux fumées crachées dans les jambes, et, une fois passé le ferroviaire, se fader le routier tout en bringuebalances de charrettes et conclure à pattes pour le dernier arpentage, un chemin d'aubépines à décrucifier, et puis une silhouette derrière un muret, et puis des mots enterrés à remettre au propre en les frottant d'un bout de manche, et puis une embrassade tout en lèvres pincées pour le monsieur qu'en reviendrait pas, et puis un petit signe de la main pendant l'étreinte pour la femme grise qui se tiendrait sur le pas de sa porte et qui reverrait enfin son deuxième homme, son fils beau comme une promesse tenue, une femme qui se remettrait à sourire et redeviendrait mère en couleur. Et alors, seulement alors, la guerre serait derrière lui…

1937

5.

Jean ne retourna pas au théâtre les jours suivants. L'exercice lui paraissait trop difficile. Il aimait ces gens, ces « drôles d'oiseaux », même, et peut-être surtout ceux qui rechignaient à travailler ses textes. L'engouement de Gaston pour son écriture le déstabilisait et Jean trouvait plus juste le manque d'entrain de certains jeunes comédiens ; ça lui allait qu'on ne l'aimât pas.

Une grosse pluie de juillet faisait tinter le zinc. Ça se battait à l'épée sur les toits. Jean et Alice, depuis un matelas posé à même le sol, n'avaient rien d'autre à faire qu'écouter cet esclandre d'eau et de métal. Ils venaient de faire l'amour. Alice fumait une grosse cigarette et, de sa main libre, caressait doucement les cheveux de Jean, dont le corps recroquevillé contre elle cherchait encore à se fondre.

— *J'avais envie de revoir ton abri, j'en avais marre des hôtels, certains réceptionnistes finissaient par me regarder bassement. Elle est à qui, cette écharpe qui pend au clou ?*

— C'est à Charlotte. Tu sais, la comédienne toujours en retard ?

— On sait pourquoi maintenant.

Alice lui déposa un baiser reconnaissant. Cette Charlotte qui semblait faire une incursion dans la vie de son Jean était une heureuse nouvelle.

— Tu as lu mes derniers textes ?

— Oui… J'aime toujours autant. Ça va devenir un spectacle un jour ? Ça traîne trop… Je voudrais que tu écrives des partitions pour les femmes. Il faut entendre une mère, une épouse, une infirmière, une vieille jetée sur les routes, une fille violée…

— Oui… Tu as raison.

— Et comment que j'ai raison… Émile se plaint de ne pas avoir de tes nouvelles.

— C'est vrai.

— Mon père l'a fait nommer chef de service aux emprunts.

— C'est bien.

— Tu sais que tu fais des phrases de plus en plus courtes ? Tu as revu mon ami éditeur ?

— Oui, il aime bien mon écriture mais il ne sait pas quoi en faire. Toujours pareil…

Alice se leva avec l'énergie de celles qui savent passer à autre chose après avoir savouré une pause agréable mais terminée. Elle fit la cueillette de ses affaires égrenées au hasard de baisers fougueux et maintenant éparpillées aux quatre coins de cette chambre de bonne. Jean la regardait et elle se savait regardée. Elle portait une jolie robe joyeuse et pleine de santé, comme elle.

— *Tu aimes ?*

— *Oui.*

— *Je viens de l'acheter, rue La Boétie, un jeune couturier, c'est sa première collection. C'est Djuna qui me l'a présenté.*

— *Djuna…*

— *Tu t'en souviens ?*

— *Oui… L'Américaine ?*

— *Bravo !*

Ils se sont regardés longtemps après ce bravo, suffisamment longtemps pour que le frivole s'émousse et laisse poindre une solide mélancolie sur leurs visages. Un petit sac de perles nerveusement épaulé mit fin à la parenthèse. Alice était prête. Elle fit quelques pas vers la porte puis se retourna :

— *Je vais me remarier, Jean. Il s'appelle Edmond, il est gentil. Il a l'air de m'aimer sincèrement. Il est banquier, entreprenant. Mon père l'adore et ma mère le trouve bien élevé. Mais sa principale qualité, c'est qu'il est là quand je pleure… À bientôt mon amour.*

1920

6.

Jean avait réintégré son emploi au 14, rue Bergère, siège du Comptoir national d'escompte de Paris. Le marbre, les colonnes néobyzantines, l'immense verrière et les dalles de verre de Saint-Gobain qui enfonçaient la lumière jusqu'à la salle des coffres en sous-sol du bâtiment n'avaient aucune déclinaison sous les toits de cette immense et prestigieuse bâtisse. À l'étage du dessous, les murs étaient encore droits et enduits de plâtre mais dans son service, là-haut, il fallait se pencher et se courber entre des enfilades de contrefiches et de chantignolles.

Sous le verso des ardoises, des colonnes de feuilles vaguement reliées attendaient qu'on s'occupât d'elles. Sous les chaleurs ou les froidures, des mains jardinières les augmentaient et d'autres, bûcheronnes, les raccourcissaient. Les mains de Jean étaient de celles-là. Son travail ne nécessitait aucune connaissance financière particulière, il devait juste s'assurer de la présence des signatures et des tampons aux endroits dévolus, pour ensuite les remettre à son chef archiviste, monsieur Croquevielle, qui, lui seul, était habilité à les classer définitivement.

C'était le royaume de la paperasse encombrante. Nulle chance de tomber, ici, sur un dossier secret, un ordre d'opération litigieuse ou un contrat historique mais Jean aimait cette tâche répétitive qui laissait vagabonder son esprit. Il se sentait à l'abri dans cette forêt de fermes et de pannes perchée tout au-dessus de la magnificence du pavillon d'entrée, bardé de médaillons déclinant les cinq continents et de statues d'Aimé Millet qui représentaient la Finance, la Prudence et le Commerce. Là il se sentait chez lui, personne ne l'enviait et lui n'enviait personne, on lui foutait donc une paix royale.

Jean n'avait pas de bureau à proprement parler, il nichait dans un recoin au bout d'un couloir creusé naturellement entre des piles de classeurs au gré des allées et venues des employés. Il s'en était bricolé un à l'aide d'une planche posée sur une masse d'archives oubliées, un bout de toile cirée tenant lieu de maroquin. Un tabouret réformé retrouvait, grâce à lui, un semblant de fonction. Une lumière tout en rais poussiéreux venant d'un chien-assis juste au-dessus de cette installation lui permettait, à certaines heures, d'arrêter son travail et de sortir des livres. Jean réservait la lumière naturelle à Virgile et, sitôt le créneau solaire passé, il reprenait sa tâche, ne manquant jamais ce rendez-vous lumineux avec son poète préféré.

Il occupait donc le bout du bout de la banque. Derrière lui, un toit se terminait et, de son poste, il pouvait voir les allées et venues de ses collègues qui, tous, bénéficiaient d'un petit espace pouvant prétendre au nom de bureau. On l'aimait bien ici. Jean était gentil, discret et beau garçon. Avant-guerre il jouissait d'un certain succès auprès des demoiselles mais, depuis son retour, ce succès s'était mué en triomphe. Depuis sa réintégration, il ne se passait pas une journée sans visites de courtoisie s'inquiétant de son bien-être, sans invitations à déjeuner ou propositions de trajets de retours partagés.

Mais la grande affaire du moment était une tombola.

*

— *Bonjour monsieur Jean, je vous ai pris des tickets pour la tombola, plein…*

— *Merci Huguette.*

Huguette Perret était une jeune fille rapide et vive, qui lui rendait visite chaque jour en prétextant n'importe quoi. Elle ne travaillait pas toujours avec beaucoup de précision ses petites raisons pour l'aborder, et, souvent, de grands silences tout en sourires et œillades tentaient de soutenir la banalité de ses potins. Mais, ce jour-là, elle tenait en main un solide alibi.

— *Si avec tout ça je ne gagne pas…*

Huguette se rembrunit en constatant qu'elle n'était pas la seule à avoir eu cette idée. Sur la toile cirée, bien rangés en petits tas, d'autres billets de tombola trônaient entre deux livres.

— *Oui mais les miens sentent bon.*

— *C'est vrai, laissez-moi deviner… Ils sentent la rose ?*

— *Incroyable ! Quel nez !*

— *La rose, c'est facile.*

— La Rose Jacqueminot Coty. *En tout cas, si vous gagnez, je saurai si c'est grâce à moi car j'ai recopié les numéros.*

— *Je ne serai pas un ingrat, merci Huguette !*

— *C'est quoi tous vos livres ?*

— *De la poésie…*

— *De la poésie ? Pour quoi faire ?*

Un soupir embarrassé de Jean allait lui répondre lorsque derrière mademoiselle Perret se profila la silhouette rafistolée de monsieur Croquevielle. La guerre avait emporté la partie gauche de cet homme, manquaient une jambe, un bras et un œil. Le moignon de sa guibole mutilée était équipé d'une prolongation en bois avec tampon de caoutchouc qui lui permettait de chalouper sans béquille. Son œil, quant à lui, semblait définitivement cloîtré derrière une coque noire ficelée autour de son crâne rasé tandis que son bras manquant n'avait qu'une brave épingle à nourrice pour fermer l'ourlet de manche découpée. Malgré l'équipement, il se dégageait de lui une prestance martiale dont le foyer était l'œil droit restant, qui savait étinceler d'un bleu acier.

— *Mademoiselle Dumoulin, auriez-vous l'extrême amabilité de bien vouloir laisser monsieur Fournier travailler ! Pour vous faciliter la tâche, je viens de déposer sur votre bureau de quoi occuper votre esprit pendant deux jours. Et ce n'est pas de la poésie, ne vous inquiétez pas.*

Huguette s'en alla non sans adresser un dernier regard à Jean, espérant partager un soupir avec lui. Mais le jeune homme était trop occupé à ranger – tardivement – son Virgile.

— *Encore des tickets de tombola ? C'est une manie… Elles vous tournent autour ces demoiselles…*

Jean tenta un haussement d'épaules, mais Croquevielle enchaîna :

— *La faim les fait sortir du bois… Remarquez je les comprends : il n'y a plus que des éclopés et des couillons ! Arrêtez de planquer vos livres quand j'arrive. Et d'un : j'en ai rien à foutre. Et deuzio : un homme qu'a fait la Marne et Verdun fait ce qu'il veut dans mon service ! Puisqu'on en parle : le poste d'Ernest Pichon se libère dans trois mois, je suppose que ça ne vous intéresse toujours pas ?*

— *C'est très aimable de votre part, monsieur Croquevielle, mais non, je suis bien ici. Ce n'est pas trop compliqué et suffisamment répétitif pour m'aider à penser à autre chose.*

— *Avez-vous un costume ?*

— *Pardon ?*

— *Un costume ! Je vous demande si vous avez un costume ?*

— *Non… pourquoi ?*

— *Une note de la direction nous avertit que, le jour de l'inauguration de l'ascenseur automatique, monsieur le Président Rostaing souhaite que tous ses employés soient sur leur trente-et-un... J'en ai deux, un que j'ai fait couper pour aller avec mon nouveau style, et un autre que j'ai gardé avec les deux bras ; c'était celui de mon mariage, pas eu le cœur de l'amputer. Je vous le passerai.*

— *On est tous obligés d'être là ?*

— *Oui. Et c'est moi qui vous l'ordonne. Ça vous fera du bien, vous êtes terne et ces visages-là, je les connais, ça file rien de bon. Repos Fournier. À demain.*

Monsieur Croquevielle resta en suspens, son œil droit regardait le capharnaüm de dossiers et de matériel au rebut.

— *Virgile... Il faudra que je m'y mette un jour... Je vous ferai signe quand je serai prêt !*

En repartant il croisa une employée dont le visage s'empourpra à la vue du chef de service qu'elle ne s'attendait visiblement pas à croiser.

— *Si c'est pour lui offrir des tickets de tombola, mademoiselle Martin, notre homme est couvert !*

*

La demoiselle bredouilla une négation à peine audible et attendit que le chef fût suffisamment loin pour, enfin, s'asseoir sur une pile de dossiers. Son regard ne laissait aucun doute sur le fait que la jeune fille avait pris une grande décision. Il y avait de la détermination dans ses gestes, jusque dans le soin qu'elle mettait à rajuster sa blouse de travail.

Ses lèvres, ses yeux, son teint, tout semblait avoir été rectifié quelques instants auparavant.

— *Je vous invite à déjeuner ce midi et si vous ne dites pas oui, ne me dites pas non.*

La formule avait sans doute fait l'objet d'une dernière retouche avant l'abordage et le sourire qui suivit trahit son contentement.

— *Laisse tomber Yvonne, y peut pas, il a des courses à faire.*

Jean ne contredit pas la voix mâchouillante surgie de nulle part. L'accent parisien trahissait Séraphine, une fille de Ménilmontant. Lui se contenta d'abonder par une quantité de petits hochements de tête agrafés de maigres sourires qui semblaient psalmodier à l'infini le mot *désolé*.

Cinq ans de guerre, deux bras et deux jambes valides, une tête avenante épargnée par l'obus et la baïonnette... Jean était un miracle après tant d'années passées dans l'infanterie. Sa prestance, sa politesse, son statut de héros discret et timide faisaient de lui un jouvenceau que les demoiselles regardaient avec des prunelles affamées de filles de lendemains de guerre. On manquait d'hommes. La France mâle était boiteuse, aveugle ou défigurée, une France de garçons foutus qui tenaient l'épaule du copain la tête en l'air, qui se traînaient en voitures à bras ridicules, qui cachaient leurs laideurs sous des pansements toujours suintants, qui toussaient des brumes de gaz en plein dîner.

Une France d'hommes qui rebiquaient du menton devant les honneurs et pleuraient leurs misères en cachette, qui hurlaient encore dans leurs nuits-barbelés, qui cognaient leurs mouflets jusque dans les bras de mères épouvantées, qui s'agrippaient à la boisson et tapaient du poing en tricolore pour clouer le bec au pays qu'avait rien vu. À l'ombre des granits les femmes se remariaient avec les frères des époux gravés ; c'était la revanche des deuxièmes : même les plus vilains trouvaient preneuse. Dans les campagnes, une polygamie discrète s'installait. Certains villages n'ayant plus d'hommes, les pauvresses n'avaient pas le choix, faute de grives elles mangeaient tous les merles. Alors oui, dans ce défilé tragique un garçon comme Jean relevait de l'aubaine, un miracle sur pattes, une occasion d'amour inespérée.

Mais chaque sollicitation le brassait dans un pétrin infini et, comble de malheur, ses bafouillis et ses yeux fuyants de timide empourpré augmentaient considérablement son charme. Les demoiselles du Comptoir avaient, chaque jour ouvré, dans leur périmètre, un parti avantageux, libre et fragile. De la jeune fille à la maman en passant par l'infirmière et la maîtresse, il y en avait pour tous les goûts dans cet oiseau-là.

Jean laissa filer Yvonne. Jean laissait tout filer. Les sollicitations perpétuelles ne lui procuraient aucune joie, aucune étincelle de garçon attisé. Il les subissait pauvrement. Une grande solitude l'avait envahi depuis toujours. Malgré les efforts de ses parents, la nature n'avait pas souhaité lui tresser un frère et une sœur. Il avait donc poussé seul, sans tristesse d'aucune sorte, mais sans stridences joyeuses non plus, préférant infiniment regarder et se taire à la frange du monde.

Et ce jeune homme gracile avait été projeté dans la guerre.

7.

En descendant l'énorme escalier prudhommesque de style byzantin imaginé par Édouard Corroyer – qui venait de remouler le Mont-Saint-Michel à l'aide du seau de plage de son maître Viollet-le-Duc – monsieur le Président Rostaing, entouré de son épouse et de sa fille, talonné de sa garde rapprochée, affichait un large sourire qui ne laissait planer aucune ambiguïté sur son ravissement devant le tableau qui s'offrait à lui.

En contrebas froufroutait une foule tout en soie et popeline qui bourdonnait devant le faste de la décoration. Monsieur le Président avait, devant sa large moustache, l'intégralité de son personnel en grande tenue déambulant dans l'atrium et le vestibule de la maison mère transformée, pour l'occasion, en pavillon d'Exposition universelle. L'exotique et le primitif s'y trouvaient accrochés, suspendus, empaillés, photographiés et livrés en pâture à l'étonnement de chacun, verres de champagne et petits fours à la main.

Il était heureux. Sa présidence aura été un succès de bout en bout, il voulait partir au bon moment, l'implantation en territoire américain scellée lui offrant l'opportunité de laisser au suivant la lourde mission de lui succéder.

Mais, quand il arriva en bas de l'escalier, le sourire de monsieur Rostaing subit un léger fléchissement vers le maussade : personne ou presque n'avait remarqué sa présence, l'ordre d'Isabelle la Catholique plastronnait donc pour rien sur l'amidon de sa chemise à col cassé. Monsieur le Président goûtait les distinctions et particulièrement ces ordres étrangers ; les nationaux n'ayant plus de secret pour son poitrail, l'exotisme de ces trophées célébrait son rayonnement international. Comme il en possédait une bonne dizaine, chaque sortie était l'occasion de faire vitrine avec l'un de ses macarons en s'efforçant d'en accorder le style avec un message de bon aloi. Madame Rostaing, elle, détestait ces cordons qui, à l'en croire, faisaient preuve d'un « m'as-tu-vuisme » du plus grand vulgaire. *L'honneur ne s'affiche pas*, persiflait-elle les mauvais jours, et ces jours-là, monsieur Rostaing maugréait que c'était heureux pour sa lignée. Reste que sa collection de breloques avait les honneurs d'un présentoir en noyer et parcheminé signé Bugatti, qui lui avait coûté une petite fortune et les incessantes moqueries de son épouse.

Des coudées devant les autres, cet ordre espagnol avait sa préférence car il évoquait l'Amérique. En langage de banquier entreprenant, cela donnait la French American Banking Corporation, tout juste fondée, dont il était sinon le maître d'œuvre, du moins celui qui avait eu l'honneur de mettre sous cadre l'autorisation d'exploitation délivrée par l'État de New York. De plus ce médaillon arborait, au-dessus de la couronne de laurier cintrant l'emblème du continent américain, cet exergue : *A la Lealtad Acrisolada.* « À la loyauté éprouvée. » Et la loyauté, c'était son mot.

Un peu décontenancé, monsieur Rostaing regardait ses employés batifoler et subissait déjà le rictus pincé de Madame qui s'impatientait qu'un regard ne se tournât point, enfin, vers la sainte famille. Il commençait même à regretter de ne pas avoir évoqué avec plus de précision les modalités de son entrée au cours de l'une des innombrables réunions « Tombola ». C'est alors qu'intervint l'un de ses hourets préférés, monsieur Sapinet, qui, bien avant les autres, venait de saisir le drame qui se profilait. Plaçant ses mains en porte-voix, il aboya le nom et le titre de Monsieur.

Florimond Sapinet ne travaillait pas pour le Président : il lui avait dévoué sa vie. Et, à force de marcher derrière lui, avait fini par épouser les contours exacts de son ombre. Leurs « noces » avaient été célébrées très vite à Marseille, dès leur première rencontre. Monsieur Rostaing cherchait en urgence un secrétaire particulier à la suite du décès brutal du précédent et l'avait vu entrer dans son bureau tel un moineau sur le qui-vive descendu furtivement de sa branche pour becqueter une graine.

Deux options s'étaient imposées immédiatement : éclater de rire ou l'embaucher. Il l'avait embauché. Depuis, monsieur Sapinet le suivait partout en psalmodiant alternativement son obédience et ses réticences. Sapinet était le mètre étalon de la prudence et de l'immobilisme, l'incarnation de l'abstinence dans le doute, sa propension à l'attentisme assurait un contrepoint précieux à l'ambition débridée du Président qui ne ratait jamais une occasion de solliciter son avis afin de, presque systématiquement, ne pas le suivre. Mais ce frein à main personnifié constamment serré lui permettait d'avoir une idée assez précise des dangers encourus dans ses entreprises. Avec Sapinet, les temps étaient toujours difficiles, les circonstances, toujours graves et les risques, beaucoup trop grands.

La voix terriblement mal placée du factotum poussée dans ses limites volumétriques fit retourner les convives en un mouvement de panique – quelque part égorgeait-on un animal ? – mais la stupeur se changea rapidement en applaudissements nourris sitôt la figure paternelle identifiée.

Monsieur Rostaing put alors se lancer dans une pantomime dont le livret aurait pu s'intituler : *Pierrot ou la modestie mise à mal.*

*

Les cinq continents étaient rassemblés en résumés accrocheurs comme autant de preuves de la puissance et de la gloire retrouvées du Comptoir national d'escompte. Les animaux, le bois, les minerais, quantité de fruits et de légumes aux formes étranges, des collections de costumes en perles, en plumes, en os et tressés de fibres végétales, un amoncellement d'objets façonnés ou creusés dans la masse, d'armes blanches et de trophées terrifiants se retrouvaient à portée de mains urbaines et prudentes. Tout ce que la France tenait en respect aux quatre coins du globe du bout de sa badine coloniale, cet empire dont le CNEP se voulait la banque emblématique du commerce débridé, était là.

À l'écart de la foule, Jean, qui flottait un peu dans son costume et semblait abasourdi par tout ce déballage, passait son temps à refuser des verres pleins de bulles qu'Yvonne et ses copines lui brandissaient sous le nez. Il entendait des bras-dessus-bras-dessous bêtiser en passant devant lui et, parfois, un commentaire particulièrement édifiant sillonnait un léger sourire sur l'étendue pensive de son visage. Tout ça pour un ascenseur, pensait-il, le clou de la soirée étant en effet l'inauguration d'un nouvel ascenseur et le tirage d'une tombola chargée de révéler le couple d'employés qui aurait le privilège d'en effectuer le premier transport. Telle était la volonté du Président. Il y avait des billets pour les filles et d'autres pour les garçons. Avec sa liasse en poche, Jean craignait beaucoup d'être « le garçon » de la soirée.

— *La taille, c'est pas ça, mais le charme opère, on dirait…*

Monsieur Croquevielle venait de surgir dans son dos, une coupe de champagne coincée dans une espèce de pince métallique. Face au regard incrédule du jeune homme, il enchaîna :

— *Oui ce soir j'ai sorti la mécanique. Dites-moi, toutes ces choses-là, ces masques, ces bestioles, ces plumes, ça risque pas de nous ramener des maladies ? Ce serait bêta, à peine sortis de cette saloperie espagnole…*

Jean se contenta de sourire.

— *Ah je vois monsieur le Président s'agiter, ça ne va pas tarder à causer. Je vous laisse, Fournier, je vais placer mon oreille du bon côté.*

C'est alors que les demoiselles Martin et Yvonne se précipitèrent sur Jean et, d'autorité, une de chaque côté, l'entraînèrent vers la foule sous les applaudissements de Séraphine qui avait réservé un espace libre et se débattait comme une lionne depuis un bon moment pour le maintenir.

Le petit groupe se retrouva alors rassemblé autour de la tribune tricolore où se tenait la famille Rostaing. Et le piège se referma sur Jean.

*

À peine commencé, le discours du Président arriva dans la tête de Jean en ordre dispersé, mélange confus de bons mots attendus et de leurs échos en rires polis. Il souffrait, ses collègues en robe le pressaient, il déployait un effort surhumain pour que ses brèves réponses ne laissent rien espérer, ce qui est aisé lorsqu'on est fait d'un métal froid, mais Jean était sans carapace, un gentil.

… cet ascenseur n'est pas une lubie sans lendemain, c'est un pas vers demain, c'est montrer à la concurrence que le CNEP regarde vers le futur, que nous utiliserons tous les outils les plus perfectionnés pour conquérir l'avenir. Car il s'agit bien de cela, mes amis, de conquêtes. Ce monde est sans pitié, nous l'avons vu pendant ces longues années de guerre et je tiens particulièrement à remercier ici, devant vous, l'initiative de madame Rostaing mon épouse adorée…

Sur un autre quai de solitude se tenaient deux femmes : madame Rostaing, une belle dame au visage spécialement étudié pour entrer dans un médaillon, et un peu en retrait sur sa droite, Alice, leur fille unique. À peine madame Rostaing citée par son mari, ses deux lèvres exécutèrent un sourire parfait qui n'affecta en rien ses grands yeux froids. Alice, quant à elle, semblait s'ennuyer à un degré historique et ne faisait aucun effort pour le dissimuler. Il était évident qu'elle regrettait un ailleurs dans Paris, même en compagnie du plus affligeant de ses prétendants, et les petits coups de coude correcteurs de sa mère n'y changeaient rien.

… qui a eu l'idée de cette tombola dont le profit sera intégralement reversé à L'Union des blessés de la face et de la tête…

Une salve d'applaudissements permit à Alice de se dégager à bonne distance des coudes de sa mère, occupée à hocher une tête reconnaissante dans toutes les directions. Jean, lui, reçut au flanc celui d'Huguette.

— *Quand même...*
— *Quand même quoi?*
— *Bah, c'est bien non?*
— *Quoi?*
— *C'est généreux... Vous pourriez applaudir, ces pauvres soldats...*

Elle avait dit ça sans méchanceté, mais le regard qu'elle reçut pour unique réponse la laissa seule sous une pluie froide. Les yeux de Jean ne la voyaient pas, ils étaient loin au-delà d'elle et, plus que leur absence d'expression, c'est la sensation d'être traversée par un regard ne la concernant en rien qui l'affecta plus que tout.

Bien au-delà d'elle se tenait un homme entouré de moutons, qui plantait des arbres. Jean le fixait, ses yeux demandaient de l'aide. Les uns après les autres, les employés se transformaient en jeunes chênes sous les mains caressantes du berger.

Huguette tenta de comprendre ce regard qui semblait suivre une image ou une silhouette dans la foule.

— *Ça va monsieur Jean ? Vous cherchez quelqu'un ?*

La forêt disparut.

— *Vous aimez les arbres ?* dit-il sans la regarder.

— *Les arbres ?*

— *Oui, les arbres.*

— *Je ne me suis jamais posé la question. On parle des blessés et vous, vous pensez aux arbres ?*

— *Des blessés et des morts, j'en ai vu plus qu'aucun d'entre vous additionnés n'en verra jamais… Alors ?*

Jean regretta instantanément cette phrase.

— *Alors quoi ?*

— *Les arbres ? Vous les aimez ? Maintenant que la question est posée.*

— *Il en faut. Sinon où est-ce que les amoureux iraient graver leurs initiales ?*

— *Vous avez raison, Huguette… Il en faut.*

Sa réponse lui valut un sourire qu'elle ne parvint malheureusement pas à déchiffrer. Elle lui en fit un en retour, un triste sourire de jeune fille qui ne comprend pas, et choisit de se retourner vers la tribune.

*

… Cette guerre des nations entre elles a laissé la place à une guerre économique. Nous sortons victorieux certes mais exsangues, notre dette atteint un niveau historique, notre population mâle est décimée, il faudra du temps pour panser toutes ces plaies.

Mais un continent nous attend, un continent entier nous tend les bras et espère de nous le progrès, l'instruction, la culture française, en un mot la civilisation. En échange il nous offre sa main-d'œuvre, ses richesses naturelles illimitées. Ce continent nous dit : Venez ! et nous sommes là ! Le Comptoir national d'escompte est là ! Regardez autour de vous : l'Afrique est ici rassemblée à grands frais, n'est-ce pas, monsieur Sapinet !

Ces grumes, ces masques, ces tissus, ces animaux terrifiants et fascinants nous viennent de Côte d'Ivoire, du Sénégal, du Congo, du Dahomey…

Mais je ne veux pas vous faire languir davantage, venons-en à cette tombola, qui, je dois le dire – et je parle sous le contrôle de monsieur Sapinet – a remporté un vif succès. Les heureux gagnants partiront avec différents objets indigènes, mais avant ces lots nous allons savoir quel est le couple, j'y tiens, qui aura le suprême honneur d'effectuer le premier trajet aller et retour – enfin je l'espère – en ascenseur automatique.

Quelques cris d'excitation aigus étonnèrent le Président.

Je vois que nombre de demoiselles y ont placé beaucoup d'espoir. Elles devront patienter encore un peu car, avant cela, et pour vous remercier de votre patience durant ces travaux, nous allons regarder ensemble un film merveilleux de monsieur Méliès, Le Voyage dans la Lune.

*

En un geste que n'aurait pas boudé Sarah Bernhardt, monsieur Rostaing signifia au préposé technique qu'il pouvait lancer la projection. En un rien de temps la salle fut assombrie, un rectangle de tissu blanc apparut derrière la dégringolade d'un pongé de soie, une lumière vive et condensée fit resplendir le quadrilatère immaculé sous les applaudissements de la foule. Le film n'avait pas encore commencé que le cinématographe recevait déjà une ovation.

— *Vous aimez le cinéma, vous ?*
— *Oui, pas vous ?*
— *Bof… Je trouve que les comédiens en font trop, le théâtre, c'est plus vrai !*

Le film commença à point nommé, Jean ne sachant que répondre à Huguette. Il monta sans se faire prier à bord de l'obus spatial du professeur Barbenfouillis, bien décidé à rester là-haut, en territoire sélénite. Quatorze petites minutes plus tard, mademoiselle Martin se chargea de le faire revenir sur terre, elle qui s'était littéralement coupée en deux pendant la projection, une moitié soupirante et navrée devant les abracadabrantes aventures lunaires filmées par Méliès, l'autre émue et rêveuse devant le visage métamorphosé de « son » Jean, qui ne s'était pas départi d'un sourire enfantin jusqu'au tableau final. Il restait là, figé, le visage tourné vers l'écran en cours de désinstallation, les mains pendues au bout de ses bras fins. Malgré le brouhaha de la salle, elle estima le moment idéal pour attaquer.

— *En fait, vous n'applaudissez jamais, vous ?*

Jean sortit de sa torpeur comme un gamin pris en faute, il voulait répondre quelque chose mais sa tête se contenta d'opiner bêtement.

— *Moi, je n'ai rien compris. Ça bouge trop dans ce film, on n'a pas le temps de comprendre et puis, de toute façon, ce n'est pas crédible.*

— *C'est poétique...*

Mademoiselle Martin saisit le visage enfin tourné vers elle, bien décidée à faire confiance à la fixité de son regard solidement arrimé aux yeux de Jean pour obtenir une réponse favorable.

— *Je connais un endroit pas possible pour s'amuser. Si vous ne savez pas quoi faire après, on peut y aller ensemble ? Tout le monde y chante, ça vous changera...*

— *Ça me changera de quoi ?*

— *Ch'ais pas, à part lire vous faites quoi en dehors du boulot ?*

C'est alors qu'intervint Huguette, absolument pas décidée, malgré son désarroi, à laisser mademoiselle Martin s'emparer de l'animal traqué.

— *Il écrit de la poésie.*

Elle tenait un papier froissé dans sa main.

— *« Évidemment le temps file et mes ongles poussent / mais le soleil étire notre route vive /, mais encore tes yeux... » Pourquoi l'avoir jeté ? C'est beau !*

— *C'est pas joli joli de faire les poubelles, Huguette.*

— Oh ça va… il était par terre et je l'ai ramassé, il était destiné à qui ?

— À la corbeille.

Jean avait dit ça calmement, sans reproche, mais en les regardant toutes les deux. C'est alors qu'une voix stridente mit fin à l'embarras du trio.

— 127, c'est vous monsieur Jean, vérifiez !!!

*

La foule se tourna en direction de ce Jean montré du doigt et de la voix.

— C'est lui, c'est lui, c'est monsieur Jean Fournier aux archives. Venez Jean, rapprochez-vous, vous avez gagné !!!

Monsieur Rostaing regardait la soudaine agitation et invita, à la cantonade, le numéro 127 à bien vouloir se rapprocher de la tribune. Jean restait pétrifié ; il ne lui manquait que quelques fientes de pigeon pour devenir le Caïn des Tuileries.

— Allez-y, je vous rejoins… Vous avez bien fait de le jeter, ce poème, ça ne rimait pas et la poésie, faut que ça rime à quelque chose.

*

Mademoiselle Martin se fendit d'une œillade complice. Entre deux maux, Jean choisit le moindre et se mit en mouvement vers l'estrade. Monsieur Rostaing regardait l'inconnu qui tentait de le rejoindre et avait quelques difficultés à comprendre le rapport entre les cris d'excitation de certaines demoiselles et le jeune homme timide et pataud qui se trouvait maintenant interdit au pied de la tribune.

— *Montez, jeune homme. Vous allez vous-même tirer au sort le ticket qui désignera la demoiselle qui vous rejoindra...*

Des numéros de billets poussés par l'espoir se firent entendre dans l'assistance et stoppèrent le Président dans son élan.

— *Vous êtes attendu au tournant, jeune homme, ne vous trompez pas !*

Jean tenta un sourire qui resta à l'état de projet. Il n'était pas à la fête, avait soudainement très chaud et se persuada facilement qu'il sentait la transpiration puisque des gouttelettes perlaient dans son dos et mouillaient la chemise trop grande de Croquevielle. Plus vite il plongerait sa main dans ce vase rempli de souches de billets, plus vite il pourrait redescendre de ce pilori. Ses doigts ne cherchèrent même pas à fouiller, le premier qui se présenta fut le bon. Il le porta à ses yeux et regarda le Président sans savoir quoi faire.

— *Alors ? Dites-nous tout, jeune homme.*

— *Pardon ?*

— *Le numéro, dites-nous le numéro...*

— *Ah oui, pardon... Le numéro 1.*

Monsieur Rostaing s'empara du billet pour vérifier si l'empoté savait lire les chiffres et releva une tête soudainement gênée. Dans la foule on entendait ce « un » répété en écho, qui se diffusait comme une onde augmentée par son double interrogatif. La surprise le disputait à la déception car, visiblement, personne dans l'assistance n'avait acheté le premier ticket de la première souche.

— *Mes chers amis... je... j'avais acheté le premier ticket pour ma fille Alice. C'est... incroyable... Je...*

Et c'est à instant qu'Alice quitta son exil pour accoster son père.

— *... mais papa, pourquoi tu as fait ça ?*

— *... ça me faisait plaisir... Et puis, c'est important de montrer que nous sommes une seule et même famille...*

— *Eh bien, maintenant je crois que j'ai plein de demi-sœurs qui m'en veulent !*

— *Alice... Veuillez rester à votre place. Tenez-vous correctement et laissez faire votre père.*

— *Maman, arrête de me vouvoyer dès qu'il y a du monde, c'est ridicule.*

Il y eut un moment de flottement dans la famille Rostaing. Et puis, Monsieur reprit l'initiative.

— *Mes amis, j'ai besoin de votre aide. Ma fille est d'une timidité maladive et elle ne savait pas que je lui avais pris un ticket. Aidez-moi à la convaincre de rejoindre… monsieur… monsieur… votre nom, jeune homme… vite?*

Jean n'avait pas eu la présence d'esprit de profiter des points de suspension du Président pour y glisser son nom, au grand désespoir de Sapinet qui fulminait d'impuissance devant l'embarras de son patron.

— *Hein?… heu… Fournier… Jean Fournier, monsieur le Général… Directeur général.*

— *Président…*

— *Président…*

— *Il n'y a pas de mal… Soutenez-moi, monsieur Fournier.*

Pendant un bref instant, Jean faillit soutenir physiquement son président, il eut même un petit geste en ce sens avant de se raviser, petit geste qui n'avait pas échappé à Florimond Sapinet qui le regardait, consterné.

L'assistance, un peu timidement au début et de très mauvaise grâce pour «certaines» ensuite, commença à encourager la demoiselle récalcitrante à rejoindre cette pauvre silhouette jetée en pâture.

Jean avait hâte que ce cauchemar prenne fin et, pour accélérer les choses, tentait désespérément de croiser les yeux de la jeune fille pour lui offrir son regard le plus désolé. Mais Alice croisait le fer en sourdine avec sa mère. Monsieur Rostaing regardait la foule, puis l'employé de Roux-Combaluzier qui attendait stoïquement près de sa machine flambant neuve, puis se tournait vers ses femmes, puis revenait à la foule. De temps en temps une phrase incomplète sortait de sa bouche et s'écrasait au sol à peine formulée… Il fallait faire quelque chose.

D'une main ferme, madame la Présidente poussa son ouaille rétive vers les trois marches, Alice fut obligée de faire un pas en avant pour ne pas tomber, et, dans un mouvement de colère, se sépara de sa mère, prit les ciseaux qui attendaient sur un coussin en velours, descendit de l'estrade, s'approcha de l'ascenseur, coupa le cordon et s'engouffra dans la cabine pour se caler au fond, les bras croisés après avoir poussé un *bon, on y va ?* fort peu diplomatique.

Le déroulé des festivités subit une accélération foudroyante et salutaire, Sapinet biffa nerveusement un discours et un intermède musical prévus et ponctua ses ratures d'un coup d'œil aux musiciens déconcertés, qui semblait signifier : *Que voulez-vous que je vous dise ?*

— Eh bien, jeune homme, vous avez entendu ? Qu'est-ce que vous attendez ?

Un sourire d'admiration illumina la grisaille de Florimond Sapinet : son maître reprenait le contrôle de la situation. Jean se décida à avaler la potion jusqu'au bout, et partit rejoindre le lieu de l'exécution.

— Je crois que nous pouvons les applaudir…

Les applaudissements suivirent, fortement soutenus par une pantomime nerveuse de Sapinet à peine l'injonction du Président émise. Il marquait le rythme comme un chef de fanfare municipale en se tournant dans toutes les directions, tel un coq d'église un jour de grand vent. Madame Rostaing ondula discrètement vers son époux en tapotant ses mains.

— *Riche idée, Alexis, cette soirée devait être celle du petit personnel...*

Monsieur préféra se taire, l'ascenseur le réclamait. Le technicien fit quelques pas pour accueillir le Président. Monsieur Rostaing s'approcha en serrant mécaniquement des mains, ses yeux pointaient sa fille et tentèrent de percevoir si, malgré la colère, un sourire même forcé pourrait revenir sur son visage. Monsieur Rostaing était fou de sa fille ; quand elle avait mal au ventre, c'est lui qui se tordait de douleur ; les quelques paroles un peu sévères qu'il avait pu lui adresser depuis sa naissance avaient été dictées par son épouse et répétées mollement, sans conviction, comme un pauvre comédien ne comprenant pas un traître mot de son texte. Une grimace de sourire fit sa joie et monsieur Rostaing se tourna, enfin, triomphalement vers le technicien.

— *Alors, fier et loyal technicien, dites-nous tout !*

— *Je suis très honoré, monsieur le Président ainsi que Mademoiselle. J'attends juste que le jeune homme soit là pour commencer l'explication...*

— *Il est là le jeune homme.*

Tout le monde se retourna vers le filet de voix qui avait miraculeusement réussi à se faire entendre et qui, par là même, en fut tout déstabilisé.

Alice aperçut pour la première fois depuis le tirage au sort son corécipiendaire et vit d'emblée qu'il souhaitait être ailleurs, que ses yeux n'arrivaient pas à se poser, qu'il était blanc comme un linge et semblait fondre à vue d'œil dans son costume réajusté. Consciente que ses yeux allaient croiser les siens, elle semblait décidée à ne pas rater ce moment qui serait certainement d'une grande fugacité. Le moment arriva, Jean lui adressa un petit bonjour de la tête et se réfugia dans une mimique désolée. Elle lui répondit d'un léger sourire et tous deux poussèrent exactement le même soupir. La voix du liftier résonna dans la cabine, au loin une foule les regardait, monsieur le Président reprenait pour elle la présentation technique en insistant sur les nouveautés, les boutons rétroéclairés, les portes à ouverture automatique, les multiples systèmes de sécurité. Tout le monde en profitait, seuls un garçon et une fille pensaient à autre chose.

On attendait maintenant. Le technicien s'était extrait de la cabine, les visages étaient tournés vers les deux absents. C'était maintenant au tour d'Alice et Jean de faire quelque chose. Or, ils n'avaient rien écouté. Alice avança sa main vers le tableau plein de boutons et son index droit s'arrêta sur celui qui avait le chiffre le plus élevé.

— *6, c'est mon étage, les archives…*

Jean avait dit ça en regardant les doigts fins d'Alice sur le tableau de commande de l'ascenseur.

— *Archivons alors !* lui répondit-elle en regardant une dernière fois son père avant que les portes ne se referment.

Et la foule applaudit.

*

Le retour de l'ascenseur se fit attendre.

Monsieur et madame Rostaing s'impatientaient devant ce numéro 6 qui n'en finissait pas de resplendir sur la plaque de laiton. Monsieur Sapinet, qui tel un Saint-Hubert avait flairé bien avant tout le monde l'impatience de son maître, s'était rapproché, le visage et le cou tendus signifiant par là qu'il était opérationnel pour n'importe quel ordre. Madame Rostaing finit par concéder à son flegme aristocratique un : *Ils en mettent du temps !* contenant infiniment plus de mots que les lois de l'algèbre ne le laissaient supposer. Monsieur Rostaing, acculé, finit par demander au technicien, sur un ton faussement détaché, s'ils n'étaient pas bloqués. Celui-ci hésita à s'autoriser le moindre parfum d'ironie dans la réponse, mais, prudent, fit simplement observer à Monsieur que la redescente était assujettie à la pression du doigt sur le bouton indiquant rez-de-chaussée. La main furibarde de Madame s'exécuta et la machinerie redémarra en un cliquetis parfait de mécanisme flambant neuf. Lorsque la cabine arriva, un silence se fit, un de ces silences qui précèdent les coups du sort inéluctables, créés par une sorte d'instinct collectif de l'impondérable. Or, la foule se trompait rarement dans ce genre de circonstance. De fait, l'ascenseur était vide.

Alice et Jean avaient disparu.

*

Elle avait voulu voir son *bureau*. Ce mot qui désignait son bout de couloir sombre l'avait fait rire. Elle avait insisté, pris sa main pour qu'il l'y conduise. Et c'était une fois dans son antre qu'ils s'étaient embrassés. Il avait aimé ce baiser autant subi que donné. Une fois leurs lèvres séparées, il était resté interdit, les yeux intenses vissés sur elle. Alice l'avait regardé, souriante, aimable, follement belle, puis son sourire s'était évaporé, un grand calme se laissait voir sur son visage.

— *Ce sera toi alors…*

Jean aurait voulu crier quelque chose, mais rien n'était sorti. Derrière son masque de joli garçon affolé, une guerre continuait, une guerre sans armistice, sans clairon final. Seules quelques gouttes de grosses larmes avaient afflué au bord de ses yeux. La bouche fermée, presque pincée, il avait fait un petit mouvement du menton qui pouvait laisser penser qu'il était d'accord.

— *Ne dis rien… je sais que c'est toi.*

Elle l'avait pris dans ses bras et serré très fort, comme un enfant que l'on vient de sauver d'un terrible malheur. Elle l'avait entendu gémir dans son cou et sentit ses larmes couler sur sa peau. Et plus il avait pleuré, et plus elle l'avait serré.

— *Ne pense pas de moi que je suis folle, je n'ai jamais été aussi sérieuse de ma vie. Viens ! Nous avons quelques petits détails à régler en bas.*

1925

8.

« Voilà que je me retrouve la truffe dans la glaise, j'ai le groin qui saigne à force de remuer la tête en chialant, j'appelle ma mère mais elle viendra pas. C'est-y bête, le ciboulot quand même, je suis là en train de retenir mon bide qui se fait la malle face contre terre et je pense aux fesses de ma mère, au cul de maman, un cul si beau si blanc… »

Alice repose la feuille sur l'imposant plateau en argent aux armes de l'hôtel Meurice et contemple cette page d'écriture parmi les restes de brioches, de croissants et les pots de confitures colorées. Elle sait que Jean n'est pas là, elle le sent à sa respiration, un va-et-vient d'air raréfié dont elle perçoit les petites saccades expulsées de ses narines. Au début de leur vie commune, elle essayait souvent de le ramener, mais très vite elle avait compris que ses retours devaient lui appartenir, elle avait longtemps espéré que ses incartades seraient de moins en moins fréquentes. Parfois il lui semblait que c'était le cas.

— *Continue.*
— *Tu étais loin ?*

Elle s'en voulait de lui poser ce genre de question inquisitrice, mais quelquefois la solitude qu'elle éprouvait pendant ces instants ensemble lui pesait tellement qu'elle ne pouvait faire autrement.

— *Tu continues de voir ce berger ?*

— *Oui, j'étais avec lui…*

— *Et vous faisiez quoi ?*

— *Rien, je le regardais…*

— *Et ?*

— *Rien… je me disais qu'il devait aller de plus en plus loin pour planter ses arbres. Je pense qu'un jour il aura besoin de se construire une deuxième cabane pour s'économiser de la marche. Continue…*

— *Quoi ?*

— *Continue de lire… s'il te plaît.*

Alice reprit la feuille qu'une auréole de thé venait de parcheminer. Ce berger était la cause de son plus grand malheur mais, vu l'importance qu'il avait pour son Jean, elle ne parvenait pas à lui en vouloir. Parfois elle était même tentée de demander à partir avec lui sur ces hauteurs du sud de la Drôme provençale, mais cela aussi devait venir de lui. Alors elle gardait l'espoir que ce jour arriverait.

« Je vous dis ça à vous mais vous vous en foutez, non ? Je me confonds avec le sol et je ne suis pas le seul par ces temps de faucille à tout-va… Vous ne dites rien… y a rien à dire en fait, y a qu'à laisser aller la vie comme on laisse filer la fario trop petite pour finir dans l'osier. »

— *C'est quoi une fario ?*
— *Une truite…*
— *Une truite, tout le monde comprend.*
Jean la regarda en souriant.
— *Une fille, tout le monde comprend mais Alice c'est plus joli…*
— *Fais attention, tu deviens expansif.*

Alice reprit la lecture en laissant son amour la regarder.
« *Tout cet intime, ce propre qui touche le sol, j'ai peur de faire des taches, ça va te donner du travail, maman, pour frotter, rincer et remettre tout ça en place. Ton petit qui se salit tout le temps… ton cul… si blanc… du fil à retordre… J'ai froid… Mon ventre fume et j'ai froid… J'vais finir comme un tas de cendres du matin… Ton cul, maman…* »

— *Ça me fait pleurer… Ça va devenir quoi tout ça ?*
— *Je ne sais pas…*
— *Tu écris pour tes morts ?*
Jean se tut, il savait qu'elle avait raison, il écrivait pour les morts, pour ses morts, des centaines et des centaines de morts tordus, pulvérisés, pourris, mangés, décapités, asphyxiés, suicidés, mitraillés, troués, fracassés, laminés, épuisés, brûlés, soufflés, amputés, énucléés, gangrenés, choqués, éviscérés, carbonisés, ypérités, rongés, gelés, noyés, minés, défoncés, déchiquetés, chlorés, imbibés, émasculés…
— *Et tu travailles sur quoi d'autre ?*

— Rien, ton ami éditeur me donne des trucs à lire, je fais des résumés, là je termine le livre d'une comédienne du Français qui veut nous raconter sa vie, c'est mieux payé que les fiches de lecture. Tes parents vont bien ?

— En ce moment ils n'ont qu'une idée en tête, me remarier, ils organisent des dîners… Et toi ? Tu rencontres des filles ?

— Au petit matin j'arrive à embrasser des lèvres saoules sur des banquettes de brasserie… Ça se termine parfois sous mon toit… Ton téléphone les laisse pantoises mais je ne supporte pas qu'on y touche, alors souvent ça se termine mal.

— C'est notre téléphone… notre ligne de vie.

1920

9.

Alice se déshabillait dans la salle de bains pendant que Jean toussait, allongé sur le lit. Des vapeurs jaunes s'échappaient encore de ses bronches, dont le déclenchement la saisissait à chaque fois. Elle les écoutait et tenait dans un coin de son cerveau une comptabilité précise de ces accès de toux : pour qu'elle fût rassurée, ces quintes ne devaient pas être trop longues ni trop serrées vers la fin. Celle-ci était anodine et aurait pu se confondre avec une petite congestion hivernale. Alice pouvait continuer de se préparer.

*

Elle était attentive et aimante, comme si elle avait trouvé en Jean la personne idéale, celle qui recevrait au centuple ce que sa condition de fille unique lui avait donné à profusion. Comme si Jean l'avait déviée d'un chemin capricieux, elle lui abandonnerait tout, à commencer par son avenir. Ses parents avaient, ainsi qu'il se devait, prévu pour leur fille un tout autre parti, un jeune homme brillant promis à une carrière sans encombre dans les plus hautes sphères de la politique, de bonne famille évidemment, bien élevé et connaissant les manières. Rien n'était engagé mais tout était en route, et voilà qu'elle leur avait imposé Jean Fournier, ce rien du tout silencieux, empoté comme pas deux et sans ambition affichée.

Elle avait tiré Jean par la main et l'avait planté devant ses parents le soir de l'inauguration. Tout le monde était là. L'ascenseur était redescendu vide, le coup de foudre avait pris le grand escalier, ils étaient haletants, rouges de caresses et de baisers et, sans reprendre son souffle, Alice avait trompeté à la face de son père : *Voici Jean… mon mari.*

Après un silence d'abbaye en ruine, madame la Présidente s'était avancée vers sa fille, monsieur le Président l'avait retenue fermement – il connaissait ses deux femmes et Alice ne plaisantait pas, ses yeux exprimaient une force qu'il n'avait jamais observée chez elle, et il avait senti que le mouvement de son épouse n'était en rien un premier pas vers une étreinte maternante. Il avait tenu sa fille du regard et sa femme d'une poigne brusque. C'était lui qui parlerait après cette publication de bans qui avait statufié le grand hall.

Sa fille était tout pour lui. Avant sa naissance, deux enfants n'étaient pas arrivés à terme et sa femme avait failli perdre la vie à deux reprises, alors la troisième grossesse inespérée avait été pour le couple une source quotidienne d'angoisse et de bonheur entremêlés. L'accouchement s'était déroulé sans encombre mais Madame en avait gardé un reliquat amer, elle n'avait plus jamais été tout à fait la même. L'épreuve avait joué à pile ou face avec elle et c'était la face triste et sombre qui était retombée sur le dos de sa main.

Après ce silence interminable à peine égratigné par un chagrin féminin au lointain, monsieur Rostaing s'était tourné vers celui qui, quelques instants auparavant, partageait avec lui la tribune et qui avait eu la suprême maladresse de choisir le ticket que lui-même avait acheté pour son héritière. Il avait même eu le temps de penser que ce pâlichon devait avoir les dieux dans sa besace puisqu'il était beau, mal habillé certes mais beau, et travaillait déjà pour lui.

— *Jeune homme, bienvenue parmi nous.*

Et il avait reçu sa fille en pleine poitrine, ce qui lui avait fait lâcher le bras de son épouse qui s'était retrouvée seule face à Jean, qui avait concédé un *bonsoir madame* des plus pathétiques.

L'immensité de l'hôtel particulier des Rostaing avait grandement facilité les premiers pas du jeune couple. Les quelques jours qui avaient précédé le mariage furent délicats : il fut convenu qu'ils feraient au plus vite et au plus simple, madame Rostaing ayant déclaré que ces noces ne la concernaient pas, mais qu'elle y serait présente et que cela suffirait ou *devrait suffire*.

Jean avait fait monter ses parents. Il était désolé de leur imposer cette union à rebrousse-poil qui leur ferait côtoyer des visages qu'ils n'auraient jamais dû croiser, de les obliger à des dépenses. Il leur faudrait trouver des vêtements qui, quel que fût le sacrifice qu'ils supposaient, ne les empêcheraient pas d'apparaître pauvres et mal fagotés. Jean avait voulu renoncer à leur venue, mais Alice avait insisté avec tant de sincérité qu'il avait abdiqué. Elle tenait à les voir, voulait les embrasser et leur dire à quel point elle aimait leur fils, rêvait de les remercier d'avoir fait ce garçon si singulier et de leur promettre une ribambelle de rejetons et une vieillesse à l'abri des soucis. Jean avait essayé de lui faire comprendre qu'ils seraient gênés, empruntés et garderaient en eux l'humiliation d'avoir été jetés en pâture aux regards cousus d'or ; il redoutait surtout de voir la condescendance s'afficher comme une lèpre passant de visage en visage en petits sourires contagieux : il ne voulait pas faire de ses parents des spécimens de foire, des représentants *tellement charmants* du monde paysan.

Monsieur et madame Fournier avaient accueilli la nouvelle drapés dans un silence digne et prudent. Jean, redescendu pour l'occasion, avait choisi de la leur annoncer dès son arrivée, sur le pas de la porte, comme on laisse tomber un sac trop lourd. Mais les réactions s'étaient fait attendre, ce ne fut qu'au souper que le sujet fut véritablement abordé. Ils comprirent très vite que leur garçon ne serait plus le même, que c'était la dernière fois qu'ils le voyaient en tant que fils de fermier, que reparti, il deviendrait un Monsieur. Que ce monde de l'argent allait donc faire ce que la guerre n'avait pas réussi :

leur voler leur petit. Jean s'était senti envahi d'une grande mélancolie, il avait beau faire, ses phrases gonflées d'amour et de reconnaissance s'effondraient au pied de ce mariage iconoclaste. Il n'y avait pas eu de reproche, ses parents l'écoutaient, répétaient parfois quelques fins de phrases comme pour les soupeser, ponctuaient une information singulière d'un coup de menton, de temps en temps une question pratique tournait une page de silence trop lourde à porter. Dans l'air confiné de la petite pièce à vivre n'avaient flotté que des regards perdus et quelques faibles sourires s'évertuant à combler des abysses. Jean aurait mille fois préféré en découdre, avoir à terrasser leur méfiance par la force de son amour, mais ils l'aimaient et l'aimeraient toujours. Il leur faisait une grande peine silencieuse.

Et puis sa mère s'était levée de table, avait pris son assiette, posé ses couverts dessus, regardé son mari dans le même temps que son bras s'allongeait pour le débarrasser, et, en s'emparant de ses ustensiles, avait dit à son homme qu'elle se rendrait au mariage de son petit, n'avait que lui, que c'était comme ça, qu'elle voulait voir les yeux de la gamine et surtout ses mains, parce que les mains, ça parle autant que les yeux. Une grosse larme coulait le long de sa joue, contredisant le ton calme et posé avec lequel elle s'adressait à son époux.

Elle avait ajouté qu'il ferait ce qu'il voudrait mais qu'elle en serait, et puis mis à tremper les assiettes. L'affaire fut entendue.

Monsieur Rostaing s'était montré impérial. Orchestré par un Sapinet au garde-à-vous, le court séjour parisien de monsieur et madame Fournier avait été organisé dans les moindres détails. Jean avait découvert chez sa mère des aptitudes inconnues jusque-là. Derrière sa discrétion et son silence une âme curieuse était parvenue, au prix d'efforts considérables, à se persuader de ramener dans ses prunelles tout ce que Paris lui dévoilerait. Toujours collés l'un à l'autre, ses parents avaient tout d'un couple de gentils santons perdus loin de leur crèche. Son père, tétanisé par le périple, rapetissé dans la grande veste noire qu'il revêtait chaque dimanche pour suivre son épouse à la messe, portait le chapeau large et plat traditionnel, et une ceinture de flanelle toute neuve qui avait dû être sa seule dépense pour l'occasion. Dans la fente d'une boutonnière il avait enfilé une branche de thym, *pour que le païs l'accompagne et puis le thym, fils, c'est de l'amour durable.* Rien que pour ça, Jean aurait pu l'embrasser en pleurant si l'embrassade avait été de mise à la maison.

Alice, prévenante, sincèrement heureuse de faire leur connaissance, avait réussi brillamment à ne rien laisser paraître de ses épuisants allers et retours entre l'austère tapisserie maternelle et le timide coutil provincial de ses beaux-parents. Les quelques invités soigneusement choisis par les époux Rostaing avaient su très vite calquer leur attitude sur celle de Monsieur, qui avait trouvé le ton juste avec les parents de Jean, ni obséquieux ni distant, jamais condescendant. C'est en les voyant débarquer à Paris, drapés d'un lourd embarras mais auréolés d'une si belle dignité, qu'il avait compris que leurs progénitures les plongeaient finalement dans le même pétrin. Davantage que ses origines marseillaises, une solidarité de victimes les mettait en fait sur un pied d'égalité.

*

— *Cela fait déjà trois costumes que tu me fais faire sur mesure. Le dernier, encore dans la boîte, c'est celui que je suis censé mettre ce soir ?*

— *Ça m'ennuie autant que toi, tu sais, ce repas avec le ministre. Mais pour être franche, te commander des costumes pour ces dîners pourrait être ma seule ambition dans la vie. Ça, et te regarder écrire…*

Jean vint la rejoindre dans la salle de bains. Porter la voix lui coûtait. Ils se regardèrent : elle était encore à moitié nue, Jean en flanquet de chemise, chaussettes aux pieds, ils se souriaient comme s'ils n'en revenaient toujours pas. Alice semblait être sur terre pour sourire et sourire était ce que Jean savait faire de mieux lorsqu'il ne savait quoi dire. Jean souriait souvent. Ils se contemplaient en souriant.

— *Tu ne devais pas donner une réponse à mon père cette semaine ? En y repensant ce serait idéal : c'est beau l'Afrique, ça te laisserait du temps pour écrire, c'est inspirant, ce continent…*

Le sourire que Jean arborait céda le terrain à une expression pensive.

— *Tu es belle, Alice.*

— *Mon silencieux…*

Alice posa son crayon pour les yeux.

— *Ce sera ta réponse ? Après tout, c'est votre affaire à tous les deux mais moi, sache que j'aimerais bien partir avec toi, loin, que j'aimerais voir des éléphants avec toi… Tiens, au lieu de me dévisager, tu devrais regarder dans mon secrétaire : il y a un cadeau pour toi.*

Et Jean quitta la salle de bains en rechignant. Il lui avait dit mille fois que tous ses cadeaux ne valaient rien à côté d'elle, mais quelques semaines à peine après leur rencontre, il avait de quoi ouvrir un magasin d'accessoires pour homme élégant. Dans sa chambre s'empilaient des boîtes rondes et plates de toutes tailles, contenant chapeaux cravates chemises et plastrons. Dans ses armoires, plusieurs costumes dont certains encore enveloppés de soie attendaient l'occasion. Sur la table de chevet, trois montres à bracelet espéraient ses poignets fins chaque matin. Jean comptait tout en moutons : chaque dépense d'Alice à son intention se retrouvait convertie en brebis et il avait, à l'aube de cette vie commune, de quoi rassembler un troupeau et rejoindre des hauteurs dépeuplées. C'est ainsi que, tout en inspectant ce petit paquet rectangulaire, il se mit à repenser au berger croisé avant-guerre alors qu'il s'était perdu, à cet étrange berger qui plantait des arbres tous les jours de sa vie. Il regardait ses doigts déchirer le papier coloré et, entre eux et ses yeux, il y avait le plus grand écart au monde.

— *Alors ???*

— *Laisse-moi deviner... Une quatrième montre ? Une écharpe en soie ? Une cravate imprimée ? Un...*

Il y eut un silence.

Jean apparut dans la salle de bains un livre en main, l'air catastrophé.

— *Qu'est-ce que tu as fait, Alice ?*

— *Ton dernier poème me semblait être la fin d'un cycle, alors je les ai recopiés en cachette et les ai fait imprimer et relier pour toi. Parce que c'est beau et puis parce que j'en avais assez de les voir traîner partout. Et tu sais quoi ? L'imprimeur aime beaucoup... Je n'aurais pas dû ?*

Alice avait dit tout ça presque d'une traite, joyeusement. Elle attendait une réponse de son jeune époux, mais celle-ci tardait à venir. Jean était sonné, ce livre lui était brutal. La poésie dans laquelle il s'engouffrait régulièrement n'avait rien d'un passe-temps. Tout ce qu'il écrivait sortait de lui douloureusement et il n'avait pas beaucoup d'estime pour ces lignes, vomies en général au petit matin, ni aucune idée derrière la tête. Devenir écrivain lui paraissait inaccessible, alors ce livre relié, doré à l'or fin sur la tranche avec son nom imprimé sur un cuir épais et *Poésies* juste en dessous, devenait un objet contondant, un outil dangereux qui bousculait sa conscience, un miroir maudit qui laisse croire des choses, dévoile tout sans retenue alors que rien n'est fait.

Jean se sentit faiblir, la salle de bains commença à tourner et il eut besoin de se tenir au chambranle de la porte.

— *Ça va Jean ? Tu es tout pâle.*

— *Oui ça va...*

— *Alors ? Tu ne me dis rien, ça te plaît ?*

— *Si si... enfin je ne sais pas en fait... Je ne sais pas si ça me plaît... Ça fait bizarre de voir ça comme ça, ça fait sérieux...*

— *Mais c'est sérieux, tu es mon poète préféré, Jean. Un jour tu seras édité pour de vrai, tu auras des prix et les enfants réciteront tes poèmes par cœur... Mais, en attendant, enfile ton costume, on va être en retard. Maman nous attend dans le salon d'honneur à dix-huit heures.*

Alice s'envolait maintenant vers la chambre, volubile et heureuse. Elle égrenait la liste des convives, et pour chacun, dessinait un petit topo plein d'ironie mordante, délivrant à son amoureux des conseils afin qu'il ne se formalisât point du comportement provocateur d'untel, du snobisme de tel autre. Parfois elle s'arrêtait en plein boutonnage pour laisser filer un petit rire... et mit un certain temps avant de s'apercevoir qu'elle n'était pas relancée. C'est en coinçant ses doigts dans une chaussure fine qu'elle découvrit la face ravagée de son Jean.

— *Pourquoi tu as fait ça ?*

— *Fait quoi ?*

— *Ce livre… Pourquoi tu as fait ça ?*

Son air grave jurait sur son visage, comme un accroc sur une belle chemise. Alice le regardait, interdite. Elle était passée à autre chose depuis longtemps et Jean revenait d'hier avec sa question.

— *J'ai eu tort ?*

Jean ne savait quoi répondre à cette question directe et franche. Elle attendit un peu, sans se faire d'illusion sur la probabilité d'une réponse de son enfermé.

— *Si ça te gêne, c'est très simple, Jean : tu le prends et tu le mets dans la corbeille qui est juste là et on n'en parle plus. Je pensais bien faire. Dépêche-toi de t'habiller car ce flanquet de chemise ne va pas très bien avec ton air grave.*

Elle avait raison, pensa-t-il en relevant la tête. Pour tout. Elle avait raison pour tout et surtout de prendre la vie comme ça, facilement. En quelques instants, son esprit brouillé en un réflexe de survie lui ordonna de la suivre aveuglément. Alice était sa chance, peut-être même son unique chance de construire quelque chose qui ressemblerait à une vie après cette guerre qui l'avait vandalisé en une longue et violente destruction de chaque jour, une consciencieuse et méthodique destruction qui avait tout cassé en lui, tout ce qui ne se voit pas. Pour ce broyé de l'intérieur, chaque jour était une bataille contre des milliers de pensées et autant d'images qui remontaient de ses bas-fonds comme des remugles.

Avant de rencontrer Alice, il ne s'endormait que repu de mauvais vins, depuis il s'engouffrait en elle presque chaque soir, éjaculait en chialant, parvenait à s'endormir sous ses caresses maternantes et les petits *chut* qu'elle faisait siffler entre ses dents gentilles.

Maintenant il s'en voulait terriblement d'avoir marqué le pas sur le livre et la voyait déjà se fatiguer de lui, sourire à d'autres tellement plus cousus main pour elle. Combien de temps pourrait-elle tenir avec une pâle copie d'homme comme lui ? Avec une chiffe qui se faisait entretenir, qui disait oui à tout à bout de souffle, sans autre projet d'avenir que d'attendre le soir pour la grimper nerveusement dans un élan de survie ? Il se sentait tenu à bout de bras graciles et songeait qu'un jour, fatalement, ces petits bras se tétaniseraient sous l'effort. Elle l'habillait, l'emmenait chez des coiffeurs élégants, lui offrait des soins, du champagne sans raison, l'entourait de connaissances qui piaillaient leur aisance. Et lui, qui essayait de se tenir au bastingage de la vie, les yeux braqués sur ses mirettes comme deux lanternes dans la tempête, suivait de loin. Noyé, mourant, mais suivait. Et voilà que ses brouillons, cette poésie désordonnée dont la seule véritable valeur résidait dans sa désolante sincérité, se retrouvaient sous cadre comme un dessin d'enfant.

Il eut envie de la serrer très fort contre lui, comme à chaque fois que ses mots refusaient l'obstacle, de faire courir ses mains par-dessus par-dessous, de se prouver qu'elle était à lui et rien qu'à lui.

— *Non Jean, je te vois venir, on va être en retard…*

Elle avait énoncé ça gentiment, mais Jean restait sur le qui-vive comme un clébard têtu qui ne veut rien entendre. Les mains d'Alice bataillaient contre cette herbe aux teigneux qu'étaient devenues les siennes : sitôt une enlevée, la deuxième s'accrochait ailleurs plus haut ou plus bas. Alors il la serra fort contre lui et, une fois qu'elle fut bloquée, ses deux mains tenues dans son dos, approcha sa bouche de son oreille :

Alice, toutes les forêts m'ordonnent l'espoir et je veux les croire et je veux les croire.

Alice, toutes les forêts m'ordonnent d'y croire et je veux l'espoir et je veux l'espoir…

Elle lui demanda d'où venait ce petit galop. Il lui répondit que ça venait de là, de cet instant-là. Il avait les yeux embués, alors elle lui dit, avant de l'embrasser, qu'elle y croyait mais que là, ils allaient être vraiment en retard.

10.

Monsieur et Madame recevaient, Monsieur avec entrain et Madame, comme toujours en pareille circonstance, avec un fond d'inquiétude qui ne s'envolerait qu'une fois que le dernier invité aurait franchi la porte cochère. Tous les commensaux étaient arrivés avec ce qu'il fallait d'exactitude ou de retard, selon la longueur de leur prise d'élan dans ce XIXe siècle qui n'en finissait pas de s'éteindre. L'ombre portée du grand siècle léchait encore les prémices balbutiantes du nouveau. Si les nuits parisiennes fox-trottaient en attendant de se déboîter les genoux avec le charleston, entre Lalique et Gobelins, les codes et usages appartenaient encore, pour une grande part, à l'ancien monde.

Monsieur Rostaing avait misé très tôt sur le nouveau siècle. Marié à une descendante de la noblesse d'Empire, il avait vite compris qu'il ne serait jamais des leurs et laissait donc des « jours » à Madame, qui recevait artistes et mondains à l'heure du goûter. Deux fois dans l'année, l'organisation d'un concert privé lui permettait en outre de montrer ses talents d'alchimiste musicale capable de transmuter n'importe quelle œuvre en ritournelle d'apprentissage laborieusement frappée, et certains soirs sous le regard plissé du compositeur qui se demandait ce qu'il avait bien pu faire pour avoir à endurer cela.

Monsieur, lui, se réservait les dîners. Amateur de bonne chère, il ne supportait pas de voir des bouches pincées chipoter la nourriture et des assiettes à peine griffées repartir en cuisine. Aussi les convives de ses agapes étaient-ils préalablement discrètement testés quant à leurs accointances gastronomiques, le moindre faux pas en la matière écartant définitivement de sa table. Monsieur invitait utile, certes, mais l'utilité devait se tresser à l'agréable. Passer des heures à cancaner sur le Tout-Paris n'était pas son passe-temps favori. Si c'est au pied du mur qu'on voit le maçon, pour lui c'était à table que l'on voyait le bonhomme. Il n'appréciait pas pour autant les restaurants. En vrai tacticien, Monsieur voulait posséder l'avantage du terrain. Le vrai dîner se devait donc d'être à la maison, servi par son personnel et garni par ses fournisseurs. Les menus s'élaboraient selon des visées précises. De l'entrée au dessert, chaque service avait une mission. Lui ne cherchait pas à en imposer, mais étudiait, cernait, jaugeait, convaincu qu'une fois attablé, n'importe quelle stratégie comportementale se dénonçait.

Loin des codes et de la légèreté prônée par Escoffier, Monsieur aimait par-dessus tout convoquer l'insolite et le bizarre à sa table. La cuisine marseillaise lui offrait, de ce point de vue, un répertoire intéressant. Ses pieds paquets, qu'il avait réussi à colliger à grands frais, furent responsables d'un certain nombre de sans lendemain, mais aussi de quelques relations d'affaires durables. Ses allers et retours aux États-Unis lui permirent en outre d'être parmi les premiers à faire manger, du bout des doigts, aux convives éberlués, des petits pains ronds pleins de viande et de sauce tomate, arrosés du French Wine Coca inventé par un pharmacien appelé Pemberton, dont l'évocation provoquait encore des spasmes nauséeux à Madame.

*

Ce soir, point de surprise culinaire, il l'avait juré sur sa sainte mère à la suite des sommations de son épouse. Comme il s'agissait de voir plus clair dans la situation politique du pays, nul besoin d'éprouver ses invités : la cuisine ferait dans les valeurs sûres et le bon goût à la française.

Alice et Jean avaient enfin rejoint les convives. Le ballet des présentations pouvait donc commencer. Il y avait un ministre des Finances sur le départ en train de briguer un siège de sénateur pour laisser passer l'orage politique qui menaçait, sa femme – une grande perche dont les mâchoires perpétuellement serrées donnaient à ses phrases une rythmique de guillotine –, le gouverneur de la Banque de France, haut fonctionnaire sans surprise en poste depuis six mois qui semblait en tirer, précocement, un mélange curieux d'aboutissement satisfait et de perpétuel embarras. Il était accompagné de son épouse, une comédienne qui venait de tourner dans *L'Ami des montagnes* de Guy du Fresnay – le titre du film fit lever les yeux de Jean – et qui tentait, par de larges sourires, de chasser les brumes d'ennui que son mari laissait flotter derrière lui. Dépassant tout le monde, une tête de Chantecler s'agitait. Ce grand échalas aux allures de dandy dégringolant – dans le sens de la pente – d'une lignée aristocratique provençale se pressait pour saluer le jeune couple, marqué à la culotte par une petite femme bossue et fort laide dont l'accent texan laissait penser qu'elle avait traversé l'Atlantique en steamer, portée par un solide et régulier «vent de dot». Ce verveux avait le double avantage d'être équipé d'un cynisme à toute épreuve et de parvenir à suivre plusieurs conversations en même temps. Son esprit pointu permettait à Monsieur de faire provision de reparties cinglantes et son ubiquité volubile de tenir efficacement compagnie aux dames, assurant ainsi une apparente homogénéité aux tables qu'il fréquentait. Il pouvait à tout moment intervenir de droite et de gauche, tombant miraculeusement et forcément à propos, pour le plus grand bonheur des hôtes, des hommes comme des femmes, à l'exception peut-être de la sienne qui restait figée dans une moue texane dubitative. Puis vint le tour d'un littérateur mondain, bras dessus bras dessous avec la veuve d'un général d'infanterie mort aux premiers temps de la guerre, dont nul ne savait s'ils étaient ensemble ou mutualisaient tristement leur solitude en s'allouant une protection réciproque.

Tous ces convives avaient des noms que Jean oubliait instantanément. Il avait beau prêter une oreille studieuse et bénéficier de la prévenance d'Alice, qui s'évertuait à répéter à son intention titres et patronymes, chacun s'envolait, balayé par son affolement. À sa décharge, ces noms sortaient laminés par des moues rétives à l'idée et l'incongruité de devoir les articuler, comme si se présenter était une charge réservée aux anonymes. Jean offrait une poigne franche et polie, s'inclinait en juste proportion mais, en retour, ne recevait que des mains paresseuses et des yeux qui le délaissaient à peine l'avaient-ils regardé. Il n'était rien et le comprenait instantanément. Chaque salutation lui donnait dès lors l'impression d'être remisé… avec la plus extrême courtoisie.

Tandis qu'Alice ne le lâchait pas d'une semelle, madame Rostaing, elle, constatait la débâcle de son gendre dans le monde et offrait à son mari le visage crispant d'une Cassandre satisfaite.

Toujours debout, les hommes se mirent à parler argent et politique. Le gouvernement allait à coup sûr tomber au prochain vote de la Chambre, on lui reprochait sa mollesse à faire « cracher l'Allemagne au bassinet ». Le ministre des Finances, qui semblait avoir lâché l'affaire depuis longtemps, ne disait rien tandis que le dandy accordait brillamment son attention en alternance au groupe des hommes et à celui des femmes, dans lequel Alice et Jean tentaient de survivre.

D'une petite porte de service apparut alors la silhouette massive de Rozenn qui hésitait à aller plus avant. Non sans grande peine elle arriva à surmonter sa timidité ainsi que son accent breton pour annoncer que le souper était servi. La première tentative n'atteignit que l'oreille de Jean, qui l'encouragea de l'œil et du sourire à réitérer. En quelques jours, le gendre de Monsieur était devenu la coqueluche du personnel de maison. Des jardins aux cuisines, on ne tarissait pas d'éloges sur lui, son fait d'armes absolu ayant été d'avoir descendu lui-même son linge sale à la buanderie. Depuis cet éclat la maisonnée lui vouait un véritable culte. La seconde tentative de Rozenn fut la bonne. Sans la regarder, Madame pria ses convives de la suivre dans la salle à manger. Jean, redoutant cet entre-deux propice aux rapprochements, se tint prudemment à l'écart pour ne pas subir un *alors jeune homme ?* chutant d'une hauteur satisfaite.

*

— *Vous remarquerez cette exception au plan de table mais, voyez-vous, je tenais à passer une soirée agréable. La dernière fois que nous les avons séparés, j'ai cru déchirer le cœur de mon gendre, et ma fille m'a fusillée du regard toute la soirée. Alors j'ai cédé : ils seront les seuls conjoints côte à côte.*

Madame Rostaing obtint ce qu'elle voulait : les rires fusèrent et les regards s'aimantèrent sur le jeune couple soudainement désigné. Alice et Jean s'étaient rapprochés l'un de l'autre, soudés aux épaules comme deux fugitifs cernés par la meute, se voyant d'emblée condamnés à devoir répondre à une tapée de questions et remarques.

Le dandy les toisa tête penchée.

— *... et dans quelques années...*

Tête penchée qui termina sa course vers sa riche épouse américaine qui répliqua d'une grimace – ou d'un sourire – laissant apparaître une dentition pour le moins maladroite.

— *C'est adorable... C'est l'amour fou alors ?*

Cette fois, c'était la grande femme du ministre des Finances qui interrogeait depuis un angle mort. Jean se retourna vers ce couperet mais son beau-père lui vint en aide.

— *Cela y ressemble fort... « Il en a toute la fureur triste... »*

— *Et que faites-vous dans la vie, jeune homme ?*

C'était l'homme à la veuve qui s'était autorisé l'inévitable question. Le silence qui suivit fit naître sur son visage sans attrait un rictus qui avait l'avantage de montrer à l'assemblée que ledit visage pouvait parfois changer d'expression.

— *Pour l'instant, il décline les offres de son beau-père...* dit monsieur Rostaing.

— *Vous n'avez rien compris, Alexis. Il fait monter les enchères !* lâcha d'un peu plus loin le ministre des Finances.

— *Jean écrit.*

L'écho tremblant de la voix d'Alice résonnait encore dans le silence que venaient d'imposer ces deux mots simples. Ce fut le dandy qui mit fin à la suspicion générale.

— *Ce n'est pas forcément ce soir que les belles lettres vont briller, jeune homme ! Bienvenue dans le monde des chiffres.*

Le ministre des Finances profita de la saignée.

— *Et vous donnez dans le roman ?*

— *Jean écrit de la poésie !* lui rétorqua Alice avec un air grave qui semblait dire à la face du monde que toute remarque ironique serait immédiatement abattue en plein vol.

— *La poésie ? C'est… c'est bien…*

Le ministre avait compris le message.

— *Qu'est-ce que je vous disais…* concéda le dandy à l'oreille de Jean mais de manière suffisamment audible pour que la petite assemblée n'en perde pas une miette.

Jean espérait voir la fin du festival de sourires qu'il avait ouvert dès son arrivée. Sa gamme était large mais, le temps passant, il sentait fondre son petit pécule. En outre il n'avait aucune aisance et, comble de malchance, ses quelques hardiesses verbales se retrouvaient systématiquement coupées ou dégringolaient dans des ravins d'indifférence. Il avait le sentiment de ne pas parler la même langue, n'entendait que la moitié des mots. Il avait beau s'accrocher aux visages et fixer des lèvres peintes ou rehaussées de fines moustaches, rien ou très peu lui parvenait. Alice le regardait se débattre et venait à son secours. D'une main discrète, elle tentait d'apaiser les tressaillements de ses jambes. Voyant à son front perler une sueur d'enfant, elle le sut au bord du malaise. Il fallait tenir, pourtant.

La guerre et ses conséquences financières s'invitèrent à table, résumées en un mot asséché, dit, repris, développé : la dette, la dette et encore la dette, le poids financier des pensionnés. Le ministre retrouva de l'énergie et tint la corde, les fausses questions de son épouse lui permettant de rebondir. À coup sûr le duo entre la naïve et le savant était rompu à l'exercice. Tout y passait : le nombre de pensionnés, leur poids économique qui pèserait sur les épaules des générations futures, les sommes vertigineuses que la France devait rembourser aux Américains et aux Anglais. Dès lors les millions se congloméraient en milliards, chaque chiffre habilement dévoilé sur le ton de la confidence provoquait son effet.

Si Rozenn tenta d'attirer l'attention de madame Rostaing, celle-ci sembla prendre un malin plaisir à la laisser se dandiner. Le ministre des Finances, en campagne sénatoriale, devait absolument faire passer le message que son orthodoxie budgétaire ne lui valait pas que des amis mais que la défendre relevait de son devoir et de son sens des responsabilités.

— *Oui Rozenn?* fit enfin Madame, profitant du premier silence concédé à l'assistance par le couple en campagne.

— *Prêt, le gâteau, le cuisinier y dit...*

Jean s'enfonça dans son silence comme une barcasse attachée trop court rattrapée par la montée des eaux. Il regardait Rozenn. Tous ces chiffres venaient heurter ses morts, son souffle devenait court, de ses narines pincées sortaient de brèves expirations dont le rythme, en s'accélérant, annonçait la nausée. Alice n'en savait rien mais Jean n'était plus là. Face à lui, en lieu et place de Rozenn, deux soldats pétrifiés baragouinaient sous leurs masques à gaz, plantés dans la glaise, leur section partie depuis quelques heures, ils n'avaient pas compris l'ordre et restaient sur place en pensant que, dans le doute, c'était ce qu'il y avait de mieux à faire, mais un gradé n'avait pas la même version que le soldat Fournier et pour lui, ces deux-là étaient des tire-au-flanc et un tribunal devait statuer sur leur sort et...

Ça va Jean? interrogea la main d'Alice pressant la sienne sous la table. Il lui répondit par deux petites notes *mi-la* coincées dans la gorge, qui se voulaient rassurantes alors que ses yeux pédalaient dans le lointain.

— *Rozenn, calmez-vous et veuillez recommencer votre phrase en mettant les mots dans le bon ordre, s'il vous plaît, je n'ai rien compris...*

— *Mon amie, je pense qu'elle veut nous dire que les soufflés sont prêts. Vous m'en donnerez des nouvelles...*

Monsieur Rostaing mit fin au calvaire de la bonne d'un petit signe.

— *... j'ai littéralement soudoyé le chef des Hottinguer pour qu'il donne sa recette à notre Raoul. Cela m'a pris des mois et coûté une fortune mais le résultat de la tractation ne va pas tarder à fumer devant vous.*

— *Je vous savais tenace, cher ami, mais pas au point d'obtenir quoi que ce soit des Hottinguer, même une recette de cuisine...*

La sortie du dandy fit mouche, quelques rires fusèrent pendant que prenaient place, en un ballet parfait, les soufflés brûlants.

Jean regardait le sien qui semblait vouloir sortir de son bol, la croûte dorée se craquelait, poussée par une force chaude en train de s'activer au cœur de la porcelaine brûlante. Il semblait fasciné.

— *Le soufflé est une victoire à la Pyrrhus : il se déguste en se brûlant le palais !*

— *Si on pouvait éviter de parler politique, Alexis...*

Alors Jean se leva brutalement, raide, déterminé, comme s'il avait pris la décision de porter un toast amer. Évidemment la tablée se figea devant une telle intempestivité, chacun attendant la suite, mais l'acmé se prolongea et atteignit les limites du supportable. Quelqu'un devait parler, dire quelque chose... Juste avant qu'une bouche béante ne s'anime, Jean balbutia une formule d'excuse, mâchée et mordue, pathétique, puis quitta la table comme on coupe un pont.

Alice cloua sa mère d'un regard lui intimant de ne rien dire si elle ne voulait pas être griffée instantanément de ses mains nerveuses. Elle se leva à son tour et partit rejoindre sa désespérance dans le fumoir.

*

Il faisait froid. Dans le fumoir il faisait froid.

Alice frissonna en refermant la porte.

De sa bouche s'échappait une petite buée. Dans sa tête flottaient les voix lointaines d'un *Sanctus* qui s'invitait en elle.

Le même froid qu'à la Madeleine, pensa-t-elle. C'était ce même froid enduré, ressenti, lorsqu'ils avaient assisté au *Requiem* de Fauré serrés l'un contre l'autre, transis, grelottant, ce même froid qui, à présent, lui mordait les épaules. Les voix s'amplifiaient avec la solitude du violon. C'était cela, le froid et cette musique.

Elle se retourna sur un désastre.

Le fumoir était une béance. Les murs donnant sur le jardin étaient tombés, l'air glacial s'engouffrait, une nuit bleue et fumante s'invitait.

Une tranchée avait déchiré la pièce.

Les tapis pendaient dans la fosse, retenus par les éclisses de la marqueterie brutalisée. Le feu dans la cheminée éclairait son amoureux, en contrebas, déguisé en soldat qui lui tournait le dos. Il était dans la tranchée. Lui aussi avait froid. Elle le sentait. De sa bouche sortait la même petite buée. Il regardait la lande et ne la regardait pas.

Alice prit l'échelle de coupée pour le rejoindre. Ses pieds prudents avançaient, maintenant, sur une grosse planche. Elle voyait ses mains pâles agrippées au canon d'un fusil qui le soutenait. Des larmes brillaient dans la lumière bleue de cette nuit de guerre qui s'invitait. La tête de Jean chavira lentement vers elle, une de ses mains se détacha de l'arme pour déplier son index et le poser sur sa bouche.

— *Chut, regarde...*

Alice se rapprocha. Sa robe légère se colla au drap humide de la vareuse militaire. L'index de son mari l'invitait maintenant à regarder la Camarde qui se donnait en spectacle : des rats se repaissaient de restes humains, des cadavres de soldats truffés de ces bestioles semblaient bouger par convulsions, des corbeaux s'affairaient à tirer des tendons, les bouches sans lèvres des morts semblaient sourire exagérément aux chatouillis des rongeurs qui gargouillaient dans leur intérieur. Tout autour, le sol était devenu une pâte faite d'hommes et de terre malaxée par l'obus et cette pâte, sous l'effet des gaz putrides, gonflait et crevait comme les soufflés dans la porcelaine.

— *Ceux-là ne coûteront plus rien à la France.*

Alice posa une main sur son épaule militaire, Jean se retourna et posa sa tête dans le cou d'Alice.

— *Pleure, mon Jean, je suis là, je serai toujours là...*

*

— *Qu'est-ce que je vous disais, messieurs, le triomphe de l'amour. On ne vous dérange pas?*

Le père d'Alice se précipita pour fermer les baies vitrées après avoir fait remarquer à la troupe que le courant d'air frais du dîner venait de là.

Alice et Jean étaient encore enlacés devant la cheminée. La guerre avait remballé sa ménagerie et bringuebalait déjà sa carriole vers d'autres crânes à tourmenter. Le *Requiem*, lui, avait préféré s'en aller.

Et les hommes repus s'invitèrent pour respirer l'air cubain et siroter des fruits distillés.

Et les femmes rassemblées en bout de table purent enfin parler sérieusement.

*

— *Je ne savais pas que nous avions un héros avec nous. La Marne et Verdun... Félicitations, jeune homme. Avez-vous été décoré? Je vais m'en occuper! Alexis, je vais épingler le torse de votre gendre, vous n'y voyez pas d'objection?*

Il avait dit ça d'une traite, le ministre des Finances, comme une tirade, la voix bien timbrée. *Faites, faites, cher ami*, avait alors répliqué monsieur Rostaing qui hésitait entre poire et mirabelle. Jean, lui, demeurait calé entre la cheminée et Alice, bien décidé à ne pas bouger de là, se demandant seulement pour quoi on le félicitait. Pour avoir échappé à la mitraille? Pour avoir su y faire? Ces gens-là imaginaient sûrement que le survivant avait fait œuvre de clairvoyance sous le déluge.

Il dut alors serrer des mains fermes et viriles, lui, passé de petit arriviste de province à héros national par la grâce d'un soufflé à la truffe. Alice avait envie de les mornifler tous, à commencer par le ministre, mais cette apothéose soudaine de son homme était malgré tout bonne à prendre, elle regrettait seulement que sa rude mère ne fût présente.

— *Ce sera ma dernière mission de ministre.*

Le gouverneur de la banque de France tendit à Jean un étui d'argent.

— *Verdun, je l'ai fait dans un salon bourgeois avec un feu de cheminée et du thé. Je travaillais à l'état-major de Philippe Pétain, j'organisais ses rendez-vous galants. Je crains que nous n'ayons pas les mêmes souvenirs. Une cigarette ?*

Jean accepta sous le regard noir de sa femme, un faible merci sorti de sa bouche.

— *Vous fumez, mon gendre ?*

— *Non… mais là… oui.*

Monsieur Rostaing le regardait en souriant. Fumer semblait un bon indice à cet homme en manque de signe palpable d'intérêt de son beau-fils pour les menus plaisirs de la vie. Le voir fumer – même mal, il crapotait plus qu'il ne fumait – le rassurait quelque peu. Jean lui rendit son sourire en toussotant…

— *Jean, ce n'est pas sérieux, tes poumons…*

Mais Jean continuait. Chaque bouffée le rapprochait du vertige et dans ce décor d'Afrique, les murs chargés de masques et de trophées entamaient une danse molle autour de lui.

— *Papa, dis-lui d'arrêter, il ne doit pas fumer.*

Le dandy, qui s'impatientait de clôturer la séquence «à la nation reconnaissante», fendit l'attroupement avec un gros cendrier et, dans un large sourire destiné à Alice, le tendit élégamment à Jean. *Ce que femme veut...* fut son trait.

Cerné de toutes parts et n'étant pas de taille à lutter, Jean allait écraser sa cigarette lorsqu'il eut un vif mouvement de recul en s'apercevant de quoi était fait le cendrier.

— *Original non? C'est mon idée. J'ai abattu cet énorme mâle qui chargeait notre groupe. Si je l'avais raté ou simplement blessé, je ne serais pas là ce soir!*

— *Papa!*

— *Ma fille, je peux quand même raconter... Jean, vous allez bien?*

Non, Jean n'allait pas bien.

Le dandy se débarrassa de cette main de gorille momifiée.

Et Jean vomit.

1937

11.

Alice était assise dans un lit très haut et très anglais. Ses genoux repliés lui permettaient de poser son menton souriant. Elle regardait Jean se rhabiller à la hâte, comme si une urgence l'attendait. Il pestait contre une chaussette qui avait profité de leurs ébats pour vivre sa vie de chaussette délaissée. Malgré l'urgence apparente du rhabillage, elle n'avait aucune envie de l'aider. Ils s'étaient promis plus de temps, elle était dans son bon droit d'amoureuse.

— *Je peux savoir ce qui te fait devenir grossier en te rhabillant ?*

— *Je dois rencontrer une troupe de comédiens, pour mes textes tu sais ? … Je dois les voir avant leur spectacle de ce soir et je suis sacrément en retard.*

— *Jean ?*

— *Oui ?*

— *Ce monde me fait peur.*

Il regarda Alice. Il aurait aimé la rassurer mais ne savait pas faire ça. Et elle savait qu'il ne savait pas faire ce genre de chose.

— Tu crois que l'on peut organiser les Jeux olympiques et vouloir la guerre ?

— Oui.

— Tu es content ?

— De quoi ?

— Pour tes textes, les comédiens… tout ça…

— Oui… Enfin je ne sais pas… C'est un premier contact. Le metteur en scène aimerait les travailler, il en a fait des copies. Certains devraient les avoir lus.

— Ça sert à quoi, un metteur en scène ?

— Alice, je n'ai pas le temps, il faut que je file.

— Comment s'appelle-t-il déjà ?

— Qui ?

— Bah… le metteur en scène.

— Baty ou Gaty je ne sais plus… Gaston, c'est sûr !

— Tu m'aimes ?

— Oui.

— Tu as rencontré quelqu'un ?

— Peut-être.

— Et toi ?

— Non.

12.

Les comédiens, assis en désordre, semblaient tous préoccupés par de multiples tâches insignifiantes. Chapeaux, vestes, sacs et sacoches se faisaient triturer, tantôt posés, tantôt repris, grabuge pénible d'un troupeau nerveux et mal à l'aise. Personne ou presque ne regardait dans la direction de Jean, signe d'une défiance qu'il avait d'emblée ressentie. La salle, longue et étroite, était encombrée de feuilles de décors, de malles en osier, d'une ribambelle d'objets qui devaient avoir une certaine prestance sur scène mais qui, une fois remisés, se muaient en un fourbi désacralisé et poussiéreux. Des chevaux avaient dû habiter les lieux à en juger par les anneaux scellés dans les murs peints en noir. Quelques projecteurs bricolés découpaient brutalement les visages et plissaient les quelques paires d'yeux qui s'aventuraient à dévisager l'auteur.

Des feuilles fraîchement hectographiées circulaient de main en main. Jean distinguait ceux qui prenaient le temps de les regarder de ceux qui les passaient immédiatement au voisin sans y jeter un coup d'œil. Malgré son retard, Jean s'était arrêté dans un café rue de la Gaîté pour avaler un calva ; à chaque petit son sortant de son épiglotte ses expirations embaumaient d'alcool et il le regrettait. Le silence était pesant. Ses jambes, molles, lui hurlaient de partir. Il se savait dans l'ombre et espérait pouvoir y rester.

*

— *Approche-toi, Jean. Je leur ai distribué des exemplaires des textes que tu m'as donnés, mais je pense qu'il serait utile que tu nous dises quelques mots. J'aimerais que nous travaillions tes écrits en marge de nos spectacles, dans une sorte d'atelier. Il y a quelques années, j'ai mis en scène un texte de mon ami sculpteur René Iché sur la guerre et ton travail me semble en être un écho intéressant. Mais vas-y, Jean, dis-leur quelque chose…*

Cet homme parlait calmement. Sa main gauche sous le menton lui donnait une pose de penseur. Sa voix était grave et bien placée. Il avait dit *mon ami* avec une vibration gourmande qui résonnait encore dans la tête de Jean.

— *Leur dire quoi ?*

— *Ce que tu veux exprimer avec ça. D'où ça vient… Pourquoi tu as choisi cette forme d'écriture… Pour quelle raison le théâtre ?*

— *Je… je n'en sais rien. Je n'ai pas choisi, c'est venu comme ça, parce qu'il le fallait… Mais c'est plutôt à eux, enfin à vous, de me livrer vos impressions.*

— *Oui, Denis ?*

*

Le metteur en scène venait d'autoriser un jeune homme bien mis à donner son avis. À la réaction des camarades qui le cernaient, Jean comprit qu'il était le chef de meute. Le garçon fit semblant de ne pas être sûr de vouloir énoncer quelque chose après avoir pourtant tout fait pour attirer l'attention du metteur en scène. Il entama sa remarque vite transformée en diatribe sans regarder Jean, s'adressant à ses condisciples avec la conviction de donner le la du sentiment commun.

— *Je ne vois pas ce que ça peut donner, on dirait des témoignages. Excusez ma franchise mais, pour moi, ça n'est pas du théâtre... Il n'y a aucun dialogue, pas d'intrigue, juste une suite de pavés. Je ne comprends pas bien. Ce n'est pas... théâtral. Voilà c'est ça : au théâtre, il faut une langue, un vocabulaire, une grammaire... et là, ça parle comme dans la vie, rien n'est magnifié...*

Jean le regardait sans ressentiment. Quelque chose de moisi au fond de lui pressentait de telles réactions, réactions qui le feraient s'enfoncer un peu plus dans une fange fataliste.

— *On s'en fiche que ce ne soit pas du « théâtre ». C'est dérangeant, et ça me plaît. C'est la première fois que j'entends parler de la guerre comme ça...*

La jeune fille qui venait de s'enflammer s'était redressée de toute sa minceur pâle. Ses cheveux épais semblaient peser lourdement sur son visage où deux yeux gigantesques brûlaient d'un feu noir. Sa voix, légèrement cassée et teintée d'un accent étranger, imprima à sa réaction un coup de tampon conclusif qui fit sourire le metteur en scène et rasseoir le leader de la troupe.

Jean la regarda, ému. Elle lui rendit son regard alors il osa un petit *merci* lèvres closes.

Une comédienne leva la main.

— *Mais je ne comprends pas : on travaillerait « ça » en plus de nos spectacles ?*

Le « ça » vibrait dans la tête de Jean lorsque Gaston lui répondit.

— *Absolument Cécile. J'aimerais que vous vous répartissiez ces textes et que, régulièrement, vous me les présentiez. Il faut en avoir envie, je n'oblige personne à les travailler. Mais je suis assez d'accord avec Charlotte…*

Et le prénom « Charlotte » balaya le « ça » dédaigneux dans la tête de Jean.

… je pense que ces témoignages interrogent même notre présence sur le plateau. Évidemment il faut le sentir, il faut avoir le courage de se poser la question de la nature de cette présence et je ne contrains personne à avoir ce courage-là… Oui Bastien ?

— *Moi j'aime… ça me parle. Ça me parle parce que, justement, on y parle comme dans la vie. Il n'y a pas une langue mais des langues. Sur les scènes parisiennes on n'en parle qu'une, la même. Tout ce qui est patois, les accents, ne servent qu'à ridiculiser un per-*

sonnage. Depuis que je suis ici, je passe mon temps à me béquiller la langue.

— *Personne n'avait remarqué !*

La rigolade qui suivit permit à Denis de compter ses alliés. Sa mine déconfite autorisa Charlotte à lancer à la cantonade un *on commence quand ?* qui fit tourner le visage, satisfait, de Gaston vers Jean.

1921

13.

Après avoir longtemps hésité, poussé par Alice qui lui avait trouvé les contacts, Jean s'était résigné à se rendre à l'une des réunions pacifistes qui se tenaient un peu partout dans Paris. Une brasserie près de la République servait de décor aux invectives contre la guerre. On lui avait demandé, au début de la séance, s'il souhaitait prendre la parole et il s'était obligé à répondre par l'affirmative, histoire de ne pas rentrer tout à fait bredouille. Seule la perspective d'un sourire sur le visage de son aimée lorsqu'il lui annoncerait avoir osé prononcer quelques mots lui permettait de tenir le coup en attendant son tour.

L'atmosphère était bruyante, l'air vicié par le tabac et, partout où les coudes cherchaient un appui, se trouvait fatalement une flaque de bière ou de vin renversé. Les débats étaient vifs, les commentaires fusaient. Entendre ce qui se disait relevait du combat. Sachant qu'il devait parler, Jean s'accrochait pour comprendre, mais des bras pleins de poings se tendaient fréquemment devant ses yeux et des slogans drapés de définitif vrillaient ses tympans.

— *Et moi j'vous dis que le capitalisme, c'est la haine. Ça ne sert à rien de faire de beaux traités de paix entre nations capitalistes, elles trouveront toujours le moyen de s'foutre sur la gueule…*

— *Et en attendant ton socialisme, on fait quoi ?*

— *L'arbitrage comme le proposait Jaurès…*

— *C'est le peuple qui doit obliger les gouvernements à trouver une solution pacifique aux conflits.*

— *Tout ça, c'est que des mots ! Le peuple, c'est quoi ? C'est qui ? Depuis le début vous n'avez que ça à dire. Le peuple, il est pas parti comme un seul homme en 14 ? Il sait tout, le peuple ? Il voit tout ?*

Jean vit arriver le moment où l'homme en colère allait se faire lyncher. La salle s'emportait, une averse de noms d'oiseau s'abattit sur le pauvre énervé. Un tribun barbu à la mode jauressienne fit ramener un semblant de calme. Il redonna la parole au premier orateur en lui faisant promettre de rester courtois et discipliné.

— *Si vous voulez la paix, ce n'est pas en écoutant les beaux principes bourgeois que vous l'obtiendrez, croyez-moi. La paix, elle viendra d'en bas. Par un refus farouche et obstiné du prolétariat de faire la guerre. Wilson ne veut la paix que pour le commerce, que pour la libre circulation des biens…*

Malgré le danger, l'énervé ne put s'empêcher de revenir à la charge.

— *Tu parles aussi au nom du président Wilson? Mais en ton nom, ça donne quoi, à part des insultes?*

— *Ça peut donner des baffes dans ta gueule si tu continues à m'interrompre…*

Et la vente à la criée reprit de plus belle.

*

— *Allons allons, messieurs, un peu de retenue. Mes amis, mes camarades, continuons notre réunion dans le calme. Nous n'avons pas fini nos témoignages, et il nous reste à écouter…* Il regarda activement ses papiers. *Fournier, c'est ça? Jean Fournier.*

Le silence revint. Une sorte de politesse instinctive laissait toujours émerger quelques brefs instants de calme plat à chaque nouvelle intervention. Une prime de silence au débutant, un tour de chauffe avant d'appuyer sur le pédalier. Dès lors Jean n'avait plus le choix, et tous les regards convergeaient sur lui.

— *Lève-toi, qu'on te voie!!!*

Il se soumit à l'injonction anonyme venue du fond de la salle et redressa sa frêle carcasse.

— *Euh merci… mais je ne sais pas quoi dire en fait… Je n'aime pas la guerre, c'est bête de le dire comme ça après vous avoir entendus, mais c'est comme ça que je le ressens au plus profond. Je déteste la guerre car elle ne sert à rien. Je ne veux plus jamais avoir affaire avec elle ni de près ni de loin… Aujourd'hui, après ce que nous avons vécu, c'est facile de dire que la guerre est hors la loi, qu'il faut nous unir en nations pacifistes, en société de nations pacifistes si j'ai bien compris. Mais demain ? Combien d'entre vous tiendront ferme leurs positions lorsque la guerre reviendra ? Moi je resterai tel que je suis devant vous… Je ne sais pas si je suis pacifiste, je ne sais même pas ce que ça veut dire… mais, demain, je n'aimerai toujours pas la guerre. Et je ne la ferai toujours pas. Ça, je le sais, je le sais depuis le fort de Vaux et le mont Kemmel, je m'en suis même fait le serment, là-bas. Mais je sais déjà que certains d'entre vous, ici, viendront me chercher, quand la prochaine sera là, pour me coller un fusil dans les mains ! Mais je sais aussi que je vous laisserai repartir avec vos armes, et que je resterai avec mon dégoût de la guerre auquel viendra s'ajouter votre dégoût de moi.*

Il y eut un silence…

— *Tu t'en laves les mains, quoi…*

Jean essaya d'apercevoir celui qui venait de l'apostropher. Un bref instant, l'envie de se battre jusqu'à la mort lui monta à la gorge. Il fit quelques pas en direction du brocardeur. On s'écarta sur son passage. Cette petite masse d'hommes qui avaient en commun un désir de paix retrouva subitement un instinct de préau qui se prépare au grabuge. En voyant un cercle se former et la « voix » qui l'avait apostrophé sortir de la foule, Jean pensa au ventre arrondi d'Alice et vit l'absurdité de revenir d'une réunion pacifiste avec un œil au beurre noir et des lèvres fendues ! On l'attendait sur le chantier de leur future maison, Alice lui avait dit de rentrer vite.

Alors il regarda le bonhomme et, après l'avoir toisé, lui dit d'un ton calme mais ferme :

— *Exactement !*

Et il partit en bousculant quelques épaules.

14.

Jean grimpait vers les voix. Sa course effrénée dans l'escalier et les vapeurs de tabac persistantes de sa réunion pacifiste le faisaient tousser. La maison était un «cadeau», un simple «cadeau» de ses beaux-parents à leur fille, les tractations notariales s'étaient déroulées sans lui. Monsieur et Madame ne voulaient pas que le moindre mètre carré de la magnifique demeure lui revienne en cas de séparation. Les relations étaient bonnes mais il ne fallait pas exagérer. Depuis cet acte immobilier et face à la passivité de son beau-fils, Madame s'était considérablement adoucie à son égard. Il n'était toujours pas le gendre idéal mais, au moins, ne paraissait-il pas vénal.

— *Ah le voilà!* fit Alice en entendant la toux approcher.

— *Pardon pardon pardon...*

— *C'était bien? On t'attendait.*

Le «on» n'incluait pas ses parents, elle avait prononcé la phrase en caressant son ventre.

*

— Ah mon gendre, venez à mon secours. Ces dames soutiennent que les moulures sont «discrètes» et que c'est précisément cela qui est chic. Moi je les trouve surtout absentes. Ce ne sont pas des moulures, mais des traits, une suite de traits… Parallèles en plus !

— Mais papa, c'est ce qu'on voulait…

— Alexis, c'est sa maison, pas la nôtre. Et même s'il s'agissait de la nôtre, cette façon d'éclaircir et d'épurer l'espace n'est pas pour me déplaire.

Madame Rostaing, contre toute attente, n'avait rien voulu imposer ou discuter. Les désirs de sa fille avaient été presque automatiquement validés par la mère, le ventre arrondi y étant pour beaucoup. L'héritier à venir la réjouissait, Alice se révélait en bonne santé, un beau bébé poussait dans le ventre de sa fille, des signes rassurants, le reste devenait dès lors plus léger.

— On épure, on épure et à force d'épurer il ne reste plus rien… Cela vous plaît à vous, mon gendre ? La poésie, dans cette épuration, ça peut donner quelque chose ?

— C'est Alice qui commande. Elle sait toutes ces choses, je lui fais confiance. Mais c'est beau non ?

— C'est beau… C'est beau… Quelle est l'idée ? Pas de murs ? Pas de moulures ? Et les tableaux, vous allez les accrocher où ? Enfin c'est votre maison… Alice, j'emprunte ton mari quelques instants…

*

Alice regarda son époux partir avec son père et envoya des baisers qui semblaient lui dire de ne pas s'inquiéter. Elle était heureuse. Cet enfant ferait de Jean un bon père, elle en était convaincue. Lorsqu'elle lui avait annoncé la bonne nouvelle, un matin d'hiver, il avait poussé des cris et ces cris, c'était la guerre qui mourait en lui, battue par la vie, de cela elle en était sûre.

Elle observa sans crainte les deux hommes de sa vie partir, ils allaient parler entre eux d'argent, d'avenir, de précautions, d'assurances, autant de notions totalement étrangères à son pauvre Jean, mais l'enfant (elle en était tellement certaine) balayerait le triste décor qu'il avait sans cesse devant les yeux. Sa mère l'attendait à l'étage dans le petit salon et déjà ses «*Alice*» se coloraient d'une pointe d'agacement, madame Rostaing n'aimait pas se répéter.

*

Jean suivit son beau-père dans une pièce en travaux, évacuée de ses deux plâtriers d'un geste bref et sans équivoque. Le gendre entra comme on pénètre dans le box des accusés, conscient de ce qui l'attendait, la seule inconnue étant le ton avec lequel le père d'Alice entamerait l'inéluctable conversation.

— Vous écrivez bien, mon gendre. Je n'y connais rien, mais vous écrivez bien. Ce n'est pas la poésie que j'ai apprise chez les jésuites mais c'est… percutant. Vous n'y allez pas par quatre chemins et ça, ça me plaît. Dans les affaires il faut savoir dire les choses en peu de mots. Alors, justement, puisqu'on en parle : je vous ai fait une proposition il y a plus de six mois, car la poésie, c'est bien, mais ça ne va pas faire rentrer de quoi faire vivre ma fille et votre enfant… Ça va Jean ? Je vous vois pâlir…

— Oui ça va merci, je vais m'asseoir, ça passera…

— Vous êtes sûr ? Vous ne voulez pas que l'on appelle notre médecin ?

— C'est gentil mais non, ça va aller, merci. Ça m'arrive parfois, les poumons sans doute…

— Ça m'embête de vous voir comme ça… Bon, nous allons arrêter là cette discussion, rien ne presse. Allez retrouver Alice et sa mère, dites-leur de cesser d'abattre les murs car ce n'est plus une maison mais une clairière…

Il regarda ce gendre malingre et taiseux rejoindre sa femme, et vit déjà, à sa démarche, que son état s'améliorait à chaque pas l'écartant de lui.

— Au revoir papa, on file chez le tapissier, on est en retard !

— Vous n'êtes pas des nôtres ce soir encore ?

— Nous serons au concert… on doit filer, pardon !

— Ravel… ce jean-foutre…

— C'est de l'histoire ancienne papa, bonne soirée…

*

Chez le tapissier, Jean se concentra mais ses yeux n'avaient plus le goût des couleurs. Il fit des efforts considérables pour émettre un avis, juste un avis, pas le sien, celui d'un autre qui vivrait à sa place, il jouait une partition avec l'angoisse au ventre, celle de se faire pincer sur ce chemin de faux-semblants. La guerre revint l'emmerder jusque dans la boutique, jusque sur la grande table où le vendeur déployait ses rouleaux. À leur place il vit un soldat mort, dégueulasse, dégoulinant de chair béante et de sang terreux. Par deux fois il dut plisser les yeux pour que l'image disparaisse. Il avait hâte de rentrer et d'évacuer cette journée qui n'en finissait plus. Vite retrouver leur chambre, ne serait-ce qu'une heure, vite la regarder se déshabiller, papillonner, se parfumer, vite se faire houspiller par cette tornade si belle, vite enfiler un pantalon en ayant subitement envie de l'embrasser et se faire rejeter parce que *pas le temps*, parce que *déjà en retard*. Il aimait tout chez elle, tout, même ce qu'il subissait, les sorties, les dîners, les fréquentations, son argent. Mais comme il n'avait rien à proposer en échange, il lui collait au train.

*

— *Qu'est-ce qu'il a contre Ravel, ton père ?*

— *Enfile ton pantalon et je te réponds ! Dépêche-toi, je t'en supplie.*

Jean s'exécuta. Moins pour accélérer le mouvement que pour entendre les raisons de la brouille entre sa belle-famille et ce compositeur dont ils s'apprêtaient à écouter la valse interprétée par les concerts Lamoureux.

— *Alors ?* interrogea le pantalonné de peu.

— *Il y a plusieurs mois, ma mère a supplié Ravel, pendant tout un dîner, et lourdement, de lui donner des leçons de piano. Après une bonne douzaine de refus polis, il a fini par lui répondre avoir encore suffisamment foi en la musique pour ne pas en faire un passe-temps d'épouses riches et désœuvrées.*

Jean rit sans tousser, et c'était rare. Alice le regarda comme on regarde un enfant qui fait trois pas d'affilée sans retomber sur son postérieur.

*

— *Où a-t-on rendez-vous avec Émile ?*

— *En bas de chez lui.*

— *Et il habite où ?*

— *Batignolles, près du théâtre des Arts. Il nous attendra devant.*

— *Mais Jean, t'es pénible : tu aurais dû me le dire avant ! On est plus qu'en retard. Va dire à Lucien de préparer la voiture pendant que je finis de me maquiller.*

*

Émile avait perdu une jambe dans la grande gueule de la Grande Guerre, et gagné une balafre disgracieuse sur la joue. L'argent d'Alice et les activités caritatives de sa mère lui avaient permis quelques opérations dans les meilleurs services chirurgicaux et l'acquisition d'une prothèse légère. Il avait pleuré comme un gamin lorsqu'il était ressorti de l'hôpital. Alice et Jean l'avaient accompagné pour la circonstance. Rentré en béquilles sous les aisselles, il était ressorti sur ses deux pattes et, les voyant, leur avait dit : *Maintenant je peux vous embrasser*, ce dont il ne s'était pas privé. Émile était la seule chose positive que Jean avait ramenée de la guerre, un frère joyeux, toujours débordant d'espoir, optimiste même dans les pires moments.

Jean lui avait fait un garrot à la cuisse en pleine tourmente, avec la ceinture de son froc ; c'était le 29 avril 1918 au mont Kemmel lors de la contre-offensive, une ceinture qui lui avait sauvé la vie. Jean l'avait ramené le fendard aux chevilles et fait embarquer sur une civière où Émile, pâle comme un cierge et entre deux grimaces, avait trouvé la force de lui dire d'aller se reculotter.

Ce même Émile qui les attendait sur le trottoir s'engouffra en urgence dans la voiture, Lucien bloquait la circulation.

Alice et Jean étaient assis à l'arrière, Émile trônait devant.

*

— *Nous sommes passablement en retard, non? Pardon, je vous ai fait traverser Paris, mais je t'avais dit, Jean, que l'on pouvait se retrouver devant le théâtre.*

Alice, tout en lançant un regard sympathiquement noir à Jean, répondit que ce n'était pas grave, qu'elle détestait par-dessus tout arriver en avance au théâtre. Émile, nerveux et excité, ses pauvres yeux ne sachant où se poser entre la voiture, la route et ses amis derrière, tourbillonnait sur son siège.

— *C'est la première fois que je vais au concert, j'ai le trac. Ça va mes vêtements, Alice? Je ne suis pas ridicule? C'est Croquevielle qui m'a prêté son costume de mariage…*

— *Oui je le reconnais*, répondit Jean, serré contre sa femme.

— *Qui est-ce, ce Croquevielle prêteur de costume?*

— *Le chef du secteur Archives.*

— *C'est donc le costume que tu portais lorsqu'on s'est rencontrés?*

Jean sourit.

— *Ne l'abîme pas, Émile, c'est une relique. Ça se passe bien à la banque?*

— *Oui, je ne vous remercierai jamais assez. Je ne me voyais pas garder un square jusqu'à la fin de mes jours. J'ai eu rendez-vous avec monsieur Martin au service du personnel et, d'après lui, je devrais bientôt redescendre d'un étage. J'ai une formation de comptable et il paraît que je pourrais faire l'affaire. Et vous savez quoi ? J'ai même croisé le Président. Enfin, pardon, votre père, Alice…*

— *TON père…* rectifia cette dernière en lui tapotant l'épaule.

— *Je m'y f'rai jamais… Ton père donc. Je m'apprêtais à prendre l'escalier lorsqu'il a demandé si c'était moi, Émile Dunoyer. Je lui ai répondu que oui et il m'a dit « bienvenue » en me tendant la main. « Mon gendre m'a énormément parlé de vous. » Et il a ajouté : « Je ne veux plus vous voir dans l'escalier, je vous ordonne de prendre l'ascenseur. » J'étais gêné… Et dans l'ascenseur j'ai cru mourir ; il disait à ses collaborateurs : « Voilà un garçon qui ne se laisse pas abattre, la guerre ne l'a pas épargné mais il reste droit dans ses bottes ! » Je n'ai pas pu résister et lui ai répondu : « Dans sa botte. » Il y a eu un énorme silence et tout le monde s'est mis à rire. Alors TON père m'a regardé et a dit « : Je vous aime bien, Dunoyer, je vais vous accabler de travail. »*

Alice, tout en rigolant, regardait son Jean les yeux perdus dans la circulation, en souffrance. D'une voix abattue, il trouva la force de murmurer qu'il était content pour lui.

*

Dans la loge familiale du théâtre des Champs-Élysées, les yeux d'Émile brillaient. La valse déformée par la Grande Guerre de Ravel le fascinait. Accoudé sur la rambarde tapissée de velours, la tête posée sur ses avant-bras, il se laissait aspirer par la musique comme un naufragé heureux. Alice semblait vouloir attraper les notes pour les poser sur son ventre, en de curieux mouvements de bras se terminant par des mains retombant doucement sur sa rondeur. Seul Jean paraissait subir le concert. Il gigotait sur sa chaise, aucune position ne le satisfaisait plus d'une poignée de secondes. À chaque fois qu'Alice l'observait, il répondait d'un sourire et pointait Émile du menton pour détourner son regard préoccupé. Il avait le souffle court, voulait sortir, prendre l'air, un vertige le menaçait. C'est alors que remonta des méandres de sa mémoire douloureuse le souvenir du berger vu avant la guerre. Ce *tourbillon fantastique et fatal* composé par Ravel ramenait à ses narines des vents fous, ces instruments fonctionnant en roue libre, sans chef, sans baguette, avaient l'air de se souvenir d'une vie passée, normée et codifiée, des notes échappées d'un troupeau sans chien perdu dans l'immensité du désordre lui faisaient regoûter à cette liberté qu'il avait tant aimée en compagnie d'Elzéard. Plus ça tourbillonnait dans l'air du théâtre, plus ces hauteurs boisées, ensemencées, revenaient à lui comme un appel à redevenir quelqu'un, comme une instance à se remémorer une vie perdue. S'il s'était égaré avant de rencontrer ce berger, c'était un égarement choisi ; il était maître alors, désorienté sur des sentes de hasard, certes, mais un homme, une conscience qui avait accepté la perte de repères possible. Or aujourd'hui il fréquentait les ombres, subissait tout. Jusqu'à cet enfant à venir. Comment dire qu'il n'en voulait pas, qu'il ne pouvait pas en avoir? C'était sûrement son double vital qui avait engrossé sa femme, pas lui, car lui était mort, son sperme s'était dévitalisé à Verdun. Alice l'avait trompé avec l'idée qu'elle s'était faite de lui...

— *C'est magnifique mon amour, mais je dois aller aux toilettes. Je reviens tout de suite...*

Et les portes battantes de la loge laissèrent passer un peu de lumière sur le sourire d'Alice.

*

Dans ce couloir feutré, Jean essayait de respirer. Il voulait des arbres et du vent. Mais sur sa droite un général d'infanterie en grande tenue expliquait à deux sous-fifres pourquoi cette valse relevait de la plaisanterie, pire, de la fumisterie. *La valse, c'est Strauss et la guerre, c'est l'infanterie*, fulmina-t-il avant de remarquer la présence du jeune homme qui les dévisageait.

— *Notre conversation vous intéresse?*

Jean préféra s'évaporer dans l'escalier qui menait aux commodités.

Face à l'urinoir, il accompagna des yeux sa pisse qui dégringolait le long de la faïence blanche. Et vit la chaleur jaune de son urine faire fondre une neige poudreuse, puis un visage apparaître sous cette neige, celui d'un soldat gelé dans un linceul blanc, le nez et la bouche s'offrant maintenant à l'air libre. Un petit cri étouffé sortit de son nez. Un réflexe de recul et il termina son jet sur le sol des toilettes, les chaussures et le bas du pantalon souillés. Au lavabo, il mouilla ses mains, s'aspergea le visage et remonta vers la loge, laissant derrière lui ce lieu désormais maudit.

*

À peine arrivé devant la loge, il vit Émile, sûrement guidé par l'instinct, s'extirper difficilement des portes battantes pour se précipiter dans ses bras.

— *Félicitations, mon vieux, tu vas être papa !*

Émile serra Jean de toutes ses forces, puis, comme on le fait d'un tableau, s'écarta d'une longueur de bras tendus pour voir ce que ça faisait d'être bientôt chargé d'âme. Il découvrit de grosses larmes couler depuis les yeux perdus de son ami. Pétrifié d'avoir déclenché cette mousson, il prit son camarade de tranchée contre sa poitrine en ne sachant que dire.

— *Bon, quand vous aurez fini de vous bécoter, les amoureux, vous reviendrez écouter la fin*, fit Alice depuis un battant entrouvert.

*

Une fois le concert terminé, Lucien les voitura boulevard du Montparnasse, au café du Dôme. À n'importe quelle heure du jour et de la nuit, Alice était à peu près certaine d'y croiser quelqu'un. De fait, sitôt qu'ils furent installés, une garçonne clope au bec tenant une frêle jeune femme par les épaules poussa des cris stridents en l'apercevant. L'anglais était de bon ton dans cet endroit, du dernier chic même, mais au moins cette fois était-il justifié par les origines de la conquête de cette amie.

— *Let me introduce you to my friend Djuna, Djuna Barnes from New York, Lady of Fashion, elle est journaliste au* Vanity Fair.

Émile n'en revenait pas. Il dévorait la jolie Américaine sophistiquée avec des yeux ronds et la bouche béante. Jean lui remit la mâchoire en place d'un index amical et discret. La «*Lady of Fashion*» semblait trimbaler un fond de tristesse dans ce charivari parisien, elle qui n'était là que depuis quelques mois et cherchait à s'installer dans la capitale du monde littéraire et de la mode.

La table d'Alice devint «*the place to be*», une faune y défilant sans cesse pour saluer Betty la garçonne et la magnétique Djuna dont le livre *The Book of Repulsive Women and Other Poems* délivrait à ceux qui le connaissaient un passeport vers le pointu. Dans la fringale de l'époque, tout ce qui pouvait reléguer la guerre était attrapé avec empressement, avidité, frénésie, même la poésie la plus sibylline.

Alice savourait ces moments, bondissait de bise en bise sur des visages de hasard, s'agrippait aux bras en partance, caressait des tristesses, riait de sottises. Une trombine connue provoquait des geysers de joies, et elle jonglait sympathiquement avec ce tintamarresque. Émile et Jean, eux, assuraient l'intendance. Ils tenaient les verres lorsqu'un manteau menaçait, se tassaient pour libérer une place, se déployaient pour la reprendre lorsque la croupe agitée bondissait vers d'autres horizons, remplissaient des coupes, tentaient d'attirer l'attention des loufiats, trinquaient sans savoir pourquoi ni avec qui. De temps à autre ils se regardaient et opinaient mutuellement, bouches fermées, deux Gilles sans costume plongés au cœur de la mêlée parisienne.

— *« What are you drinking ? »*

— *« Oh yes ! »* fit Émile en souriant bêtement à Djuna qui venait de lui poser cette question. Alice vint à son secours.

— *Elle te demande ce que tu bois.*

— *« Oh sorry ! That is very better than champagne lady, that is Picon bière… »*

— *« Can I get some ? »*

Émile tendit sa chopine.

— *« I love that ! I want the same. »*

Et « l'amer africain » mélangé à la bière détrôna la Veuve pleine de bulles qu'Alice commandait en toutes circonstances. Ce soir les esprits s'animeraient au Picon et Émile venait de lancer une mode.

Jean souriait tout ce qu'il pouvait, espérant ainsi compenser son incapacité à papoter. Il ne s'ennuyait pas, mais ne parvenait pas à traiter les informations que ses yeux et ses oreilles remontaient à son cerveau. Il baignait dans un contretemps perpétuel et intervenir dans une conversation lui demandait des efforts considérables de concentration tant il devait au préalable rassembler toutes les phrases qu'il avait laissé filer, puis les remettre dans l'ordre, retrouver leur propriétaire et, enfin, répondre quelque chose. Mais alors il était trop loin, distancé.

Alice avait beau le placer régulièrement au centre des conversations en évoquant ses textes, leur mariage et jusqu'à l'enfant à venir, même là, ne sortaient de sa bouche fendue d'un perpétuel sourire que des monosyllabes décourageants. Il profita d'une anecdote d'Émile sur sa jambe perdue au mont Kemmel, qu'il aimerait retrouver afin de l'enterrer au Père-Lachaise, pour se pencher vers sa femme.

— *J'aimerais bien aller voir mes parents dans le Sud, deux ou trois jours…*

— *Mais bien sûr mon amour. On part quand tu veux. Je serai ravie de les revoir…*

Aucune réponse. Elle connaissait ses silences.

— *… Tu veux y aller seul, c'est ça ?*

Jean hurla un faible oui de la tête.

— *Et quand veux-tu partir ?*

— *Aux beaux jours.*

— *Et pourquoi tu m'en parles maintenant, en plein hiver ?*

— *Parce que j'y pensais maintenant…*

— *Tu es un drôle d'oiseau, tu sais…*

Elle était folle de lui, alors elle lui sourit. Jean posa son front contre l'épaule de sa fortune. Il l'aimait. Comme il le pouvait, mais il l'aimait. Et son regard reconnaissant alité sur elle rassura Émile, qui les tenait à l'œil.

Vidé d'un poids énorme, Jean proposa soudain une autre tournée générale de Picon sous les applaudissements de la bande, d'une voix étonnamment vivante, ce qui surprit Alice.

1922

15.

Un hiver était passé. Aux beaux jours de cette année nouvelle, Jean s'était rendu sur ces hauteurs d'avant-guerre. Sans projet précis. Ce n'est qu'une fois sur place qu'il avait eu l'envie de retrouver le berger planteur d'arbres. De respirer du caillou et du buisson. De partir loin quelques jours. De revoir ces paysages d'enfance pour tenter de renouer un peu avec «celui qu'il était», de voir le monde avec des yeux sans guerre dedans et des souliers qui ne s'étaient encore jamais enfoncés dans des poitrails humains décomposés.

La dernière fois qu'il s'était vu vivant, c'était là-haut. Il devait bien rester là-bas quelque chose de cet être-là? Peut-être redeviendrait-il comme ça d'un coup, avec le désir de vivre sa vie comme tout le monde et de mettre pour de bon un terme à cette reculade permanente? Peut-être placer ses pas dans ceux d'hier remettrait-il son cœur et son cerveau dans le bon sens? Il en avait déjà eu la prescience en 1920, lorsqu'il y était retourné seul quelques semaines avant de rencontrer Alice.

Il avait donc emprunté les mêmes sentiers en partant de Banon – qui n'avait pas changé. Un chemin durant lequel le berger lui était revenu. Lui seul avait vu ce Jean maintenant disparu.

*

Il n'était plus berger. Il avait revendu ses brebis, elles avaient une fâcheuse tendance à brouter ses jeunes plants, alors il s'était mis aux abeilles. Elzéard avait construit un second abri plus haut car les plantations quotidiennes, en une dizaine d'années, l'obligeaient à de trop longues marches. Le même silence l'habitait mais, cette fois, le visiteur le partageait sans craintes ni impatiences.

Jean lui avait laissé un livre. Il ne le lui avait pas donné, mais laissé. Celui qu'Alice avait fait imprimer, il avait pensé qu'il avait sa place ici et seulement ici, dans une cabane perdue avec un lecteur qui ne le lirait peut-être jamais. Là-bas, à Paris, le recueil agissait comme du poison, coutre sans bœufs ni terre à fendre, et tomber dessus régulièrement lui rappelait trop ses atermoiements.

Le paysage avait considérablement changé. Les arbres d'avant-guerre ne craignaient plus le chevrotin affamé. Une espèce de brou vert recouvrait les étendues, le gris cédait du terrain.

Ils avaient arpenté de concert, touché des troncs solides. À certains endroits leurs pas se perdaient dans de véritables forêts. Dans des combes s'épanouissaient des bouleaux argentés, et toute une société de hêtres, comme des entiers impatients, défiait déjà le battage des rafales. L'eau revenait, des rus à sec laissaient couler une transparence glacée. Un peuple d'animaux réapparaissait en éclaireur des hommes, hommes qui ne manqueraient pas de ressurgir un jour ou l'autre. Jean s'en inquiétait mais gardait ses craintes pour lui ; ce n'était pas l'affaire du berger, il ne servait à rien de lui poser la question.

Et puis il y eut un crépuscule. Alors qu'il était seul, assis par terre, les yeux plantés dans le vide, son corps s'était mis à pleurer avant ses yeux. De sa bouche sortirent des gémissements ingouvernables. Ses jambes s'étaient pliées et dépliées sans raison, ses pieds avaient raclé le sol dans le même temps que sa tête avait chaviré. Et, au bout d'un long moment, des larmes étaient remontées par giclées.

Il avait dû s'écrouler sans forces et s'endormir comme une bête malheureuse. Au petit matin il s'était retrouvé au même endroit mais avec une couvrante de laine rêche sur le corps.

Ils s'étaient quittés sans au revoir ni merci, sans se serrer la main non plus. Mais Jean avait la ferme intention de ne pas laisser filer une année sans revenir.

Il était pressé, maintenant, de revoir Alice.

*

Un train fendait le pays et remontait vers la capitale. Régulièrement sa poitrine neuve se gonflait et une envie d'étreintes le faisait sourire.

En sortant du taxi, Jean fut surpris de voir Rozenn en train de l'attendre sur le perron de la maison.

Ce n'était pas sa place.

16.

Tout au bout du grand couloir mal éclairé, Jean distingua d'abord la silhouette de son beau-père, debout, raide comme un pieu. Ce n'est qu'en avançant qu'il aperçut Madame assise sur un banc quelques mètres derrière lui, ombre dans une ombre. Il n'avait cessé de courir depuis la nouvelle, le souffle court et les jambes tremblantes, il approcha. Il ne fallut pas longtemps pour que le Président Rostaing le découvrît. Après l'avoir toisé, il jeta un bref coup d'œil à sa femme avant d'aller à sa rencontre. Était-ce pour se donner du courage ou pour montrer à son épouse qu'il ferait ce qu'il avait dit qu'il ferait? Toujours est-il que Jean vit fondre sur lui une montagne de malheur.

— *Où étiez-vous?*

— *Où est-elle?*

— *On ne peut pas la voir pour l'instant. Où étiez-vous?*

Jean, désarçonné par l'agressivité de son beau-père, cherchait une réponse. Sa fille se trouvait entre la vie et la mort mais lui s'inquiétait de savoir où baguenaudait son gendre au lieu d'être rassuré par sa présence. La joie du retour brutalement interrompue par l'annonce de Rozenn lui avait ôté de la tête qu'il n'avait pas révélé à Alice le véritable but de son voyage. Il n'avait pas osé, par peur de la décevoir ou crainte qu'elle ne se vexât d'une telle fugue. Alors il avait prétexté aller voir ses parents, faux alibi d'autant plus facile à avancer qu'il n'avait pas exclu de leur rendre visite. Les méandres de ses pensées ne lui avaient pas permis d'élaborer un projet bien défini. Il avait ressenti l'appel et s'était débrouillé pour trouver les mots qui vont avec, voilà tout.

— Taisez-vous, je ne veux pas le savoir après tout. Le préfet de la Drôme est un ami. Il a fait envoyer les gendarmes chez vos parents pour vous prévenir, mais ces derniers ne vous ont pas vu. Vous n'êtes même jamais allé les voir. Vous avez menti à ma fille, vous l'avez trahie, vous nous avez trahis. Je ne sais pas ce qu'elle décidera si elle s'en sort…

La fermeté de monsieur Rostaing venait d'atteindre ses limites et c'est d'une voix engluée de larmes qu'il tenta de poursuivre :

… mais pour moi, désormais, c'est terminé. Vous ne faites plus partie de la famille. Je vous ai loué une chambre de bonne, vous pourrez écrire et disparaître tant que vous voudrez. Votre avenir n'est plus ma préoccupation.

— *Où est-elle ?*

Le beau-père rejoignit sa femme sans répondre.

*

Où est-elle ?

Alors il a crié.

Alors il a ouvert des portes sans précaution.

Alors il a renversé des chaises et des bancs, tout ce qui pouvait se trouver à sa portée.

Alors du personnel est arrivé en trombe pour le saisir.

Alors madame Rostaing a hurlé.

17.

À force de persévérance et de calme, Jean parvint à convaincre le chef du nouveau service obstétrique de le laisser passer les nuits au chevet d'Alice. Il l'eut à l'usure, mais aussi grâce à une solidarité d'anciens combattants qui avait œuvré en sourdine. De blessure à blessure, une quinte de toux en pleine négociation avait ramené la guerre au bon moment, le chef de service expectorait l'ypérite et Jean remuglait le dichlore. Poignée de main, l'affaire avait été conclue. Depuis, il laissait les journées à ses beaux-parents et, le soir, s'installait sur une chaise afin de lui tenir compagnie.

Sa femme n'était plus en danger, cela faisait même quelques jours que son état s'était stabilisé. Mais elle restait engoncée dans le néant. L'enfant était mort, nouvelle qui n'avait pas ébranlé la conscience de Jean. Il lui parlait. Il lui parlait sans cesse, à chaque instant, jusqu'à sombrer. Parfois il se réveillait avec une couverture posée sur lui par une sage-femme attendrie. En quelques nuits il avait conquis les cœurs du personnel féminin de l'étage. Et, depuis qu'il avait entrepris de lui lire ses écrits, les infirmières se cachaient derrière la porte pour l'écouter en reniflant quelques larmes.

Au petit matin Jean touchait du café et des tartines du foyer, sous les yeux mouillants de ces dames, qui renâclaient à prendre leur service. Ensuite il partait en vrac et à pied rejoindre son nouveau domicile, la soupente située rue Lentonnet que le père d'Alice lui avait louée. Ce café et ces tartines étaient bien souvent son seul repas de la journée.

Il lui faudrait gagner un peu d'argent aussi, n'étant plus pris en charge par les Rostaing. Le peu qu'il lui restait, il le buvait chez l'Auvergnat du coin. C'est une sage-femme qui lui suggéra de donner des cours de français. Ayant apporté à la clinique une composition de son fiston en lui avouant avoir entendu de *belles choses* en passant, la nuit, devant la chambre, elle avait sollicité un avis d'expert sur la bafouille du petit. Depuis, il s'était mis en tête de trouver des élèves et affichait chez les commerçants du quartier des annonces à l'encre tout en pleins et déliés.

*

Les veillées s'enchaînaient. Alice gardait les paupières closes malgré les efforts de ce veilleur de nuit dont l'allure se dégradait à force d'enchaîner les borgnons à son chevet, qui plus est sans manger et sans que sa poésie opère. Son état était tel qu'un jour on le pria de faire un brin de toilette avant d'entrer dans la pièce. Il obtempéra, résigné, humilié. Le miroir disposé dans la salle de soins corporels lui renvoya l'image désespérante d'une cloche.

Pour couronner le tout, ses cauchemars avaient sonné l'hallali, déclenché la grande offensive. Régulièrement, il se mettait à hurler, tombé de sa chaise, rameutait tout le service qui le trouvait souvent par terre, recroquevillé, la tête entre les mains. Une nuit, alertés par ses cris de fou, les médecins le surprirent agrippé à la cuisse d'Alice, agenouillé sur le lit et appelant les secours, adjurant un certain Émile de tenir bon. Après quelques piqûres, on lui signifia fermement qu'il ne pourrait plus venir, que c'était dangereux pour elle et qu'on le préviendrait de son évolution. Par courrier.

18.

Jean n'était plus retourné voir sa femme à l'hôpital. Transformé en rôdeur, la nuit il s'était mis à errer autour de l'établissement, arpentant les rues de Sèvres et Vaneau comme un réprouvé, fumant ses pipes impasse Oudinot, repartant aux premières heures de l'aube dans le réduit. Le jour il guettait le facteur du haut de son toit, dégringolait chez la concierge après avoir vu sa bicyclette repartir puis remontait pesamment, les mains vides. Il tombait alors sur le matelas pour écraser quelques heures sous la semelle de son chagrin, et se réveillait mauvais, amaigri, méconnaissable, hagard et ailleurs. De temps en temps madame Rotat, la concierge, envoyait son mari lui porter un reste de soupe et un bout de lard.

Ce brave couple de paysans creusois étaient montés à Paris depuis peu afin de ne pas laisser leur petite-fille Henriette entre les mains de leur fille, une teigneuse clouée d'un mioche par un garçon de hasard et qui *ne savait pas aimer*, disaient-ils. Ils avaient tout abandonné, la ferme, la vache, la truie et les oies, pour s'enfermer en sous-sol à deux rues de leur trésor. Jean faisait faire des lignes d'écriture à la petite, ce dont les grands-parents lui étaient reconnaissants. Régulièrement, madame Rotat s'occupait de son ménage. Elle montait avec son attirail et, d'autorité, lui ordonnait de décaniller. Jean retrouvait un palace, même ses bouteilles vides étincelaient, rangées, prêtes…

Les sages-femmes tinrent parole. Quelques semaines après son éviction, il reçut un courrier l'informant qu'Alice était sortie du coma et que ses parents avaient décidé d'assurer la suite de la convalescence en Suisse.

Il la savait sortie d'affaire. La raison avait gagné, l'ordre des choses avait gagné et cela le rassurait presque. Un vent tiède le poussait doucement vers l'insignifiance et ça lui allait. Jean n'espérait plus la revoir et pourtant chaque élève qui toquait à sa porte lui embuait les yeux, à chaque fois c'était une tête déconfite et déçue qui laissait entrer l'écolier. Ses cours commençaient à avoir du succès, de fil en aiguille une clientèle s'était constituée et lui maintenait un peu la tête hors de l'eau, elle l'obligeait à faire un brin de ménage. Traumatisé par l'hôpital, il s'était payé un miroir et s'obligeait à s'arrêter devant à chaque coup sur la porte.

Il aimait enseigner, il aimait vraiment ça. Son instituteur avait raison, il aurait pu faire une belle carrière dans l'instruction publique. Sa préférence allait aux compositions. Il expédiait la grammaire et l'orthographe, *il y a des bouquins pour ça*, pour passer du temps à planter des graines dans les cerveaux scolaires. Il prêtait volontiers ses quelques livres, parfois il lui arrivait d'emprunter celui d'un élève en promettant de le lire dans la nuit et de le rendre le lendemain matin devant l'école. Ce qu'il faisait, hagard, hirsute, mais sans jamais poser de lapin.

*

— *Ne cherche pas des modèles d'écriture, ne copie pas, c'est énervant. Personne ne sait véritablement écrire de toute façon, il n'y a que des tentatives, chaque auteur fait ce qu'il peut et se maudit de ne pas être quelqu'un d'autre. Il n'y a que les imbéciles qui ont conscience d'avoir du style, la sincérité n'en a pas. Le style, c'est la sincérité qui se fait enfin confiance… « Ô saisons, ô châteaux, quelle âme est sans défauts ? » Quand c'est sorti de sa tignasse, tu crois qu'il en était fier, Rimbaud ?*

À force de s'agiter comme un diable, l'un de ses pieds heurta une bouteille vide qui en fit dégringoler une autre et encore une autre. Le jeune élève fraîchement réprimandé vit les cadavres et replongea vite fait le nez dans sa copie avant que ce professeur bizarre ne se tourne vers lui. La carrée de Jean ne laissait pas beaucoup de champ libre aux envolées, chaque mouvement inconsidéré rencontrait fatalement un obstacle.

— *« Ô saisons, ô châteaux » … C'est grand comment ? Ça pèse combien d'après toi ? T'aurais parié là-dessus ? Fais-toi confiance, Raphaël, dis-moi des choses de toi… Si tu n'as rien à dire, attends, n'écris pas pour rien. La poésie, ce n'est pas la recherche du joli, c'est du sens et du brutal. Les vers sont des coupures, des scarifications, des amputations de soi. On n'écrit pas pour faire joli mais pour hurler. Quand je lis Rimbaud je deviens dangereux, ça me fait faire des choses bizarres. Sois simple, toujours, ne me fais pas des phrases si tu ne sais pas en faire, fais-moi des débuts, des fins, des milieux de phrases et on verra bien…*

Le silence revint dans la pièce.

— *Ça va ?* fit-il à la tête de condamné qui opina poliment.

… mais j'aime bien quand tu dis : «Elle m'écrabouilla.» J'aime bien «écrabouilla». On dirait que ça vient d'Afrique du Nord et pourtant c'est du vieux français. Bon, remballe tes affaires, on se voit demain. Et apporte ton Shakespeare. Tu peux dire à ton père de m'avancer les leçons de la semaine prochaine ? Ça m'arrangerait… Salut gamin !

— *Au revoir monsieur…*

— *Jean, pas monsieur.*

— *Au revoir.*

— *Sans rancune ?*

— *Non, non.*

*

Et le rancuneux remballa ses affaires, prit son manteau cloué au mur et saisit la poignée. Jean lui tournait le dos, occupé à ranger ses bouteilles en prévision du plein à faire chez le caviste de la rue

Petrelle. En ouvrant, Raphaël aperçut une jeune dame bien mise qui l'invita au silence d'un index posé sur la bouche puis, d'un geste vif et amical, lui fit comprendre de sortir rapidement, prit sa place à l'intérieur avant de refermer la porte sur la tête interdite du gamin.

Jean s'activait maintenant à gratter une gamelle dans une bassine en fer. S'acharnait sur une tambouille cramoisie collée au fond. Découragé, il décida de laisser tremper la chose. Ouvrit le châssis à tabatière juste au-dessus pour s'inquiéter de ses plantations, deux petits chênes qui affrontaient l'air parisien solidement ligotés afin de ne pas rouler sur le zinc et dégringoler sept étages. Il pressa la terre de ses doigts pour en vérifier l'humidité.

Mais dans une pièce si petite, la présence d'un corps, même immobile, se ressent. Comme si l'espace occupé repoussait l'air et que cet air contraint de se glisser ailleurs troublait une sorte d'équilibre.

Jean se retourna.

Elle se tenait là, devant lui, observante. Silencieuse. C'était elle. Quelque chose avait changé mais c'était elle. La vie qui coulait dans ses veines avait bien œuvré.

Maintenant, leurs poitrines se soulevaient en cadence. La même force les pressait. C'était elle. Elle. Ils ne bougeaient pas. Ni l'un ni l'autre n'éprouvait le besoin de faire un geste ou la moindre mimique de circonstance, mais ni l'un ni l'autre n'avait vécu ce genre de circonstance. Ils se regardaient de tout leur être, se regardaient de leurs poitrines, les bras regardaient les bras, leurs ventres se regardaient. Que dire ? Par où commencer ?

C'est elle qui bougea la première. Sa tête tourna légèrement, elle regarda la pièce, la pagaille dans la chambre, le matelas posé à même le sol, les livres en petites colonnes, des journaux en piles, un sac à dos avachi, des vêtements tombés au hasard, des quignons de pain dur mutilés par des dents saoules et, un peu partout, des glands de chênes semés depuis des poches trouées, abandon d'homme perdu...

Lui aurait aimé la prendre dans ses bras. Elle l'aurait voulu certainement, mais comment savoir ?

Jean bougea la tête à son tour. Ses yeux tombèrent sur une tasse en fer-blanc posée sur un ouvrage de géographie de la Haute-Provence. Il la saisit et la souleva vers Alice en un regard interrogateur.

Alice regarda la tasse puis, la tête figée dans l'expectative, eut un petit souffle bref de rire déçu dans les narines et lui offrit un *oui* des yeux, de guerre lasse.

Il s'activa alors à faire chauffer un peu d'eau sur son réchaud de tranchée. Une fois la casserole en équilibre précaire sur son bazar, il ébrancha un peu de thym dans un pot. Elle le regarda faire. Les objets de la chambrée semblaient avoir décidé de rompre le silence, ils s'animaient en espérant provoquer quelque chose. Jean tenta de décrasser une cuillère puis se mit en quête d'un second contenant susceptible de faire office de tasse. Le pot de miel résista quelques instants à ses tentatives d'ouverture. La casserole sur le brûleur de campagne noircit d'une couronne de flammes orange. Alice le regardait se dépêtrer, meubler de gestes malhabiles le silence. Elle découvrit les bouteilles vides, mal dissimulées derrière un pan de tissu cloué sur une grosse planche qui résumait toute la cuisine. L'eau commença péniblement à bouillonner. Jean fit tomber le thym dans la casserole, il fallait maintenant attendre que le tout infuse.

Ils étaient un peu plus proches l'un de l'autre, suffisamment pour que le parfum d'Alice diffuse ses notes d'ambre gris et d'iris aux narines de Jean. *Jicky*, le nom du parfum, lui remonta au cerveau, avec la forme du flacon, l'écusson gris, le blason gris clair et les lettres noires.

Alors ils s'attrapèrent comme deux naufragés voyant en l'autre une planche salvatrice. Alors leur fougue fut telle qu'ils n'arrivèrent pas à s'embrasser correctement, leurs bouches grandes ouvertes se cognaient sans prudence et plaquaient des baisers de novices pleins de dents et de salive. Alors leurs ongles s'accrochèrent aux tissus, leurs doigts s'emmêlèrent dans leurs cheveux, leurs caresses sillonnèrent les chairs comme de profonds labours.

Puis, tels deux arbres entamés à la base, ils s'abattirent sur le matelas et la pagaille amoureuse fit sauter boutons et agrafes pour, enfin, s'acharner. La bagarre nerveuse s'évanouit lorsqu'il fut en elle. Cette sensation retrouvée, intacte, apaisa les éperdus, qui pouvaient enfin se regarder avec des yeux consolés. Le bassin de Jean ondulait doucement, Alice faisait tout pour le ressentir au plus profond d'elle-même. Ils avaient tout de suite su faire l'amour ; après leur « première fois » ils s'étaient regardés étonnés et repus, surpris l'un comme l'autre de leur divine connivence alors que leurs passés dans ce domaine n'étaient pas extraordinairement fournis.

Jean sentit une jouissance de dix mille ans monter en lui. Il allait se retirer lorsque les jambes d'Alice s'agrippèrent à son bassin pour l'emprisonner.

— *Tu peux jouir en moi, il n'y aura plus d'enfant…*

Ils se regardèrent, immobiles. Pour oublier cette phrase, elle se mit à le travailler du bassin, jusqu'à sentir un trait de chaleur jaillir en elle. Jean connut un grand frisson silencieux et Alice put enfin s'abandonner.

*

Ils restèrent un long moment à respirer ensemble.

Et puis Alice se leva brusquement pour aller fouiller dans son sac et en tirer quelques feuilles. Elle reprit sa place sur le matelas et réajusta le drap puis la couverture.

— *J'ai des papiers à te faire signer, Jean… Mon père veut régulariser notre situation… Il ne veut plus de toi comme gendre… Il veut divorcer de toi…*

Elle pesait chaque mot, chaque formule et le regardait.

— *Tu n'as qu'un mot à dire et j'envoie tout promener. Tout. Mon père, ma mère… qui t'embrasse d'ailleurs, elle sait que je suis venue te voir… Depuis que tu n'es plus là on dirait qu'elle te regrette. Si tu veux on s'en va… On part… loin… Je peux travailler tu sais… Je peux faire n'importe quoi, j'aime tout avec toi, on peut partir en Afrique et construire une école, s'occuper des autres…*

À chacune de ses pauses, elle espérait un mot, une tentative de mot, mais rien ne sortait.

— *Je peux continuer à parler longtemps mais, à un moment donné, il va falloir que tu me sortes quelque chose tu sais? Je t'ai entendu avec le môme tout à l'heure, tu n'avais pas la langue dans la poche. À l'hôpital, on m'a dit que tu venais toutes les nuits me parler et me lire des choses… Une sage-femme m'a avoué que c'était la mort dans l'âme qu'ils avaient été obligés de mettre fin à tes visites… Elle m'a dit que tu me lisais des pages et des pages, elle t'écoutait parfois et trouvait cela magnifique… Tous les matins, elle retirait un gland de sous mon oreiller. Vas-y parle sinon…*

— Ton père a raison. J'aurais fait pareil pour ma fille. Il voit bien quel genre d'homme je suis. Il voit ça ton père, il a ce sens-là. Il s'en fout de ma guerre, lui il a une fille unique, il veut qu'elle soit heureuse et il sait qu'avec moi tu ne le seras pas. Il voit plus loin que nous... Je t'aime Alice...

— Moi aussi Jean...

Elle avait dit ça tout doucement, elle ne voulait pas qu'il s'arrête.

Il voulait lui dire que son amour était trop grand pour lui, qu'il n'en avait pas les moyens, qu'il avait l'impression d'arriver en retard à tous ses baisers, qu'il se regardait vivre avec elle mais ne parvenait pas à être avec elle. Dire aussi que pour lui la vie, la vraie vie, était toujours dans la pièce d'à côté, que cette sensation pourrie de ne jamais être là, de ne rien comprendre, de ne pas entendre le bouffait. Qu'il se sentait prisonnier d'un regard flou. Que toutes les belles choses qu'elle lui offrait n'y changeaient rien. Que tous ses regards bienveillants et confiants en l'avenir lui transperçaient le crâne. Comment lui exprimer que l'avenir s'était fracassé à Verdun, qu'à chaque fois qu'il avait essayé de s'y mettre, ça sonnait faux, que le futur était pour lui une langue morte ? Comment lui dire qu'il était bien ici ?

— ... ce qui nous est arrivé... ce malheur... ça a sonné dans ma tête comme un signe. J'ai hurlé de

douleur et de rage mais, au fond de moi, il y avait une pourriture qui me disait que c'était peut-être mieux ainsi. C'est horrible, mais certains matins, en sortant de l'hôpital, il m'arrivait de me sentir soulagé. Comme si cet enfant était au-dessus de mes forces. Je m'en veux… je m'en veux tellement. Pourquoi je suis là, vivant ? Je devrais être mort. Parfois je crois même que je suis vraiment mort, que toute cette vie est un défilé qui va s'arrêter lorsque je vais retomber par terre troué de part en part. Je ne suis pas allé chez mes parents, j'étais parti marcher Alice, juste marcher…

Un silence.

Je ne t'ai pas trahie. Je voulais être seul, c'est tout, et je n'ai pas osé te le dire. Je me demande même si je voulais te le dire. Garder ça pour moi. La dernière fois que je me suis vu vivant, c'était là-bas ! Alors je m'agrippe. Je t'aime en fuyant entre tes jambes. C'est terrible à admettre mais je suis bien ici, ça me va. Ton père avait raison : ça me correspond. Je passe des heures sur le toit à regarder Paris.

Alice se leva pour aller s'asseoir sur l'unique chaise, s'éloigner de ces phrases mauvaises. Sonnée, elle croisa ses bras sur son ventre et poussa un long gémissement, comme si une douleur terrible revenait en elle. La tête sur les genoux, elle resta prostrée un long moment. Puis se redressa, brusquement calmée. Jean l'observait. Elle le fixa.

*

— *Et tu m'emmènerais sur ton toit ?*

La demande le laissa interdit.

— *Là, maintenant ?*

Elle fit oui de la tête. Ils se rhabillèrent et Jean lui expliqua le stratagème pour rejoindre le ciel de Paris. Elle vit la capitale s'étaler devant elle, un soleil rouge déclinant qui semblait incendier la ville. Un frisson de froid la gagna. Jean s'approcha dans son dos pour l'entourer de ses bras.

— *Je t'ai manqué ?*

— *Oui.*

— *Pourquoi tu ne me l'as pas dit alors. Hein ? Pourquoi ? Pourquoi tu n'as pas commencé par me dire tout ça, au lieu de m'offrir une tasse de thym ? Je reviens de la mort et toi, tout ce que tu trouves à faire, c'est une tisane ? Pourquoi tu n'as pas désobéi ? Pourquoi tu n'as pas cherché à me revoir ? Tout le monde savait où j'étais, même Rozenn aurait pu te donner l'adresse du sanatorium. Tu sais ce qui te manque ? Je vais te dire ce qui te manque : ça s'appelle le courage. Le courage de vivre… de lutter… De se botter le train et d'y aller… même mal… De faire semblant, ne serait-ce que par politesse… ou par amour.*

C'est le mot *amour* qui eut raison de cette colère. Alice le fixait à travers sa cornée humide, tremblant de rage et de froid emmêlés. Son nez coulait, des gouttes épaisses se formaient au milieu de sa lèvre supérieure et chutaient sur le zinc, mais elle le fixait. Jean la regardait en retour, tout le monde avait raison sauf lui. C'était lui l'erreur. Lui aussi était revenu de parmi les morts mais là était son erreur. Il n'avait rien fait pour, la guerre l'avait rejeté vivant sur le rivage comme un océan écœuré par trop de noyés.

— *Je t'en veux Jean... si tu savais comme je t'en veux...*

— *Moi aussi, je m'en veux, Alice...*

— *Et?...*

Alice regretta immédiatement ce *et* trempé dans la soude caustique.

— *Non, ne dis rien... pardon.*

Ils s'attrapèrent sur ce toit pentu. Leur étreinte, compliquée par la gîte, provoqua quelques rires nerveux qui vinrent pétiller leurs larmes en train de couler abondamment.

— *J'ai froid Jean, et si on le buvait ce thym maintenant?*

*

Malgré les explications données pour regagner son galetas, Alice était pétrifiée. Il fallait se mettre à quatre pattes sur le zinc, approcher du vide tête la première, oser soulever une jambe afin d'aller chercher l'ouverture à tâtons, s'y engouffrer puis reculer à la force des bras. Ça coûtait, c'était dangereux, Alice hurlait de peur à chaque mouvement et le maudissait de l'avoir entraînée là-haut. Jean avait beau la rassurer, elle pestait sa trouille. Une fois le bassin posé sur le bord du vasistas, il fallait éviter de renverser quelque chose à l'intérieur en cherchant un point d'appui, mais le conseil arriva trop tard.

Deux tasses de thym réchauffé réconfortaient maintenant quatre paumes blanches. Ils se regardaient en soufflant des vapeurs bouillantes qui embaumaient leurs museaux transis.

— *Tu es l'homme de ma vie Jean. Je ne veux pas te perdre. Mais ce que tu m'as dit, tout à l'heure, était très dur à entendre... j'avais envie de te gifler.*

Elle le fixa droit dans les yeux.

— *J'ai toujours envie de te gifler... Continue à écrire et on va continuer à faire l'amour puisqu'il n'y a que ça qui marche entre nous. Tu vas signer la paperasse de mon père... Je vais avoir une autre vie Jean, mais, dans cette autre vie, il y aura un tiroir secret et dans ce tiroir il y aura toi. Et si un jour tu as quelque chose à me proposer, dis-le-moi. Dans cinq ans, dans dix ans, quand tu veux, dis-le-moi et je serai là, comme je suis là aujourd'hui devant toi... Ne regarde pas mes larmes, elles ne veulent pas dire grand-chose, écris mon Jean, surtout n'arrête pas, j'aime que tu écrives... J'ai hâte de te lire... Je m'offrirai certaines de tes phrases, même si elles ne sont pas pour moi. Je suis jalouse de cette guerre qui te garde pour elle, qui te fait marcher seul je ne sais où... sans moi... sans ta femme... Je pense que je suis la seule veuve de guerre dont le mari est vivant et devant ses yeux.*

*

Elle se leva, elle posa son quart à moitié vide dans la grande bassine, elle regarda la petite chambre coincée sous les combles puis finit de s'habiller. Une fois le manteau boutonné, elle se retourna vers lui.

— *Tu bois beaucoup ?*

— *Ça m'arrive…*

— *Fais attention à toi, je suis là maintenant… J'ai un numéro de téléphone, tu peux me joindre sans passer par les domestiques : tu fais Wagram 1748, personne ne répond à part moi, d'accord ? Wagram 1748… Je vais te faire installer un appareil téléphonique. On pourra se parler toute la nuit si tu veux. Prends soin de toi, Jean…*

Elle se dirigea vers la porte, empoigna le bouton de porcelaine, mais se figea dans l'embrasure.

— *J'aimerais bien que tu me retiennes, là, maintenant, tout de suite. Que tu te lèves et me retournes pour m'embrasser encore, et que tu m'entraînes dans tes draps crasseux…*

— *Reste si tu veux…*

— *Je ne te demandais pas une phrase, mais des actes… Signe les papiers. Au revoir Jean.*

Elle referma derrière elle.

Si elle s'était arrêtée dans l'escalier, elle aurait entendu de longs cris fêlés de larmes jaillir du septième étage.

19.

Jean était allongé sur son toit. Installé pour la nuit, il avait noué une corde autour de sa taille, une sorte de ligne de vie improvisée qui filait sur les plaques de zinc et plongeait à l'intérieur, solidement attachée à une poutre. Une vague couverture isolait son dos du métal froid. Depuis le temps il avait aménagé son ordinaire et une espèce de plateau Dahu permettait à quelques bouteilles de se tenir droites.

*

Ils s'étaient revus.

Elle lui donnait rendez-vous dans de beaux hôtels au moins une fois par semaine, toujours l'après-midi. Dès leur deuxième rencard, elle avait rapatrié ses vêtements chics afin que son allure fût accordée au standing des palaces parisiens. Leur première escapade avait failli tourner au fiasco, les concierges ne voulant pas laisser l'hirsute grimper dans les étages, et ce n'est qu'après renseignements dûment pris qu'il avait été accompagné jusqu'à la porte de la chambre où Alice l'attendait.

Semblant s'accommoder de cette vie séparée, ils se retrouvaient dans le rire et l'excitation et se séparaient en silence et emplis de nervosité. Il n'était pas rare qu'un agacement réciproque s'invitât au moment du départ, à propos de tout et de rien, comme si l'absurdité de leur situation profitait des adieux pour sortir de l'ombre.

Jean écrivait pour rien. Des pages et des pages s'accumulaient. Sans lecteurs. À part Alice, qui le soutenait. Les multiples rendez-vous chez les éditeurs listés par lui-même ou connus d'Alice n'aboutissaient jamais. Ses écrits n'intéressaient personne et il commençait à collectionner les lettres sans style garnies de refus polis, courriers répétitifs qui se retrouvaient collés aux murs et servaient de toiles à ses élans graphiques des soirs de beuverie. Depuis quelque temps, il s'essayait en effet à peindre sans pinceaux. Les mains et corps enduits, il se fracassait sur les parois de sa mansarde pour voir ce que ça donnait picturalement, au grand désespoir de ses voisins directs qui, régulièrement, toquaient afin de faire cesser ces fracas nocturnes.

*

Jean était ivre sur son toit, à moitié nu. Des croûtes de peinture séchée lui donnaient une allure de Sioux dada. Il déclamait des choses vers le ciel noir de Paris.

C'était un temps de charpentage, mes souliers mâchaient de la sente, j'avais une habitude de fuite et la manie du silence. J'avais, en ces temps-là, une prudence de bête sauvage. J'y regardais à deux fois à l'approche des faubourgs. J'étais sensible à la violence des fenêtres, je savais lire l'effroi sous les vignes vierges des façades bourgeoises.

J'avais une répugnance pour la sauvagerie brutale des trottoirs…

Il s'arrêta pour prendre une feuille, qu'il biffa d'une main hasardeuse, et reprit son soliloque.

J'avais une répugnance pour la sauvagerie des trottoirs… Sauvagerie ça suffit… Je ne possédais, en ces temps-là, aucune langue urbaine, je singeais laborieusement des bouches tordues… non, pincées… des bouches pincées, dans l'attente de sons qu'ils comprendraient et cela…

Une sonnerie rauque de téléphone le fit sursauter.

… me suffisait… Merde.

Quitter le toit pour répondre à l'appel d'Alice demandait de rassembler ses esprits. Se tenir debout étant compliqué, il préféra ramper jusqu'au vasistas. Par prudence encore il entra la tête la première et se laissa dégringoler sur l'espèce de plan de travail qu'il avait bricolé. Le téléphone sonnait toujours, il craignait de réveiller tout l'immeuble. Évidemment, la chute de son corps entraîna la bassine à moitié remplie. Et, pour couronner le tout, sa ligne de vie se coinça dans la lucarne ; il manquait quelques centimètres à ses mains pour décrocher l'écouteur et le micro. Un Opinel, qui traînait par terre, le libéra et il put enfin accéder à l'engin fixé au mur qui continuait à rameuter l'édifice.

Le parquet en bois brut de sa chambre était recouvert de bâches en toile chargées d'éviter que ses essais de peintures corporelles se répandent à même le sol. En se précipitant pour décrocher, l'une d'elles suivit le mouvement de ses pieds et renversa du vermillon. Déjà, des coups de balai résonnaient dans les murs.

— *Allô... Qu'est-ce qui se passe ?*

— *Tu me manques... je n'arrive pas à comprendre. On avait tout Jean, tout. Comment en est-on arrivés là, toi dans cette chambre de bonne et moi toute seule chez mes parents ? Notre enfant est mort... Je ne comprends pas... C'est un cauchemar... Qu'est-ce qu'on a fait ?*

On frappait à la porte.

— *C'est moi l'erreur... pas toi. Tu es la plus belle chose qui me soit arrivée dans la vie. L'erreur, c'est moi... Tu es mon seul amour...*

— *Redis-le-moi...*

— *Tu es mon seul amour... On frappe à ma porte Alice.*

— *…Je t'aime.*

— *Moi aussi… On frappe Alice, il faut que j'aille voir qui c'est… Je reviens…*

Il laissa pendre le micro et l'écouteur, ouvrit la porte sur une colère stoppée en plein élan. Un voisin en chemise de nuit restait bouche ouverte en découvrant le pouilleux coloré qui se dressait devant lui. Les yeux du saisi regardaient maintenant de droite et de gauche le bazar qui régnait derrière le phénomène et son inventaire ne fit qu'augmenter sa béance buccale. Après quelques bégaiements, il hasarda :

— *Tout… tout va bien ?*

Jean répondit que oui, que tout allait bien et qu'il s'excusait pour la sonnerie et le reste.

— *C'est quoi cette sonnerie… ?*

— *Le téléphone.*

— *Un téléphone ? Ici ?*

— *Oui. Je suis désolé…*

— *C'est cet engin là-bas ?*

— *Oui.*

— *J'peux voir ?*

— *Bah non, plus tard, je suis en pleine conversation. Mais revenez demain je vous le montrerai…*

Chamboulé par l'objet, l'homme, poliment, remercia Jean qui venait de passer subitement de voisin bruyant à dénoncer au propriétaire à jeune bizarre à la pointe du progrès, technologie supputant une certaine aisance financière et une activité professionnelle vraisemblablement en rapport avec la Sécurité intérieure ou quelque chose du genre. Il s'excusa humblement de l'avoir interrompu en pleine conversation et retourna dormir, heureux de s'en tirer à si bon compte.

Jean repartit vers le téléphone sans imaginer les pensées qui hanteraient désormais le voisinage.

1929

20.

Jean eut du mal à pousser l'énorme porte cochère de l'immeuble où siégeait l'éditeur qui lui avait donné rendez-vous. Ce n'était pas si fréquent, un rendez-vous. Alice avait crié de joie dans le combiné lorsqu'il lui avait annoncé la nouvelle. À l'aller, le portail lui avait semblé pourtant moins massif.

À peine dans la rue il remonta le col de son manteau. Paris avait froid. Un vent pointu balayait la moitié nord du pays, des flocons glacés sucraient une vieille neige salie par la ville. Les fourrures étaient de sortie, les trottoirs des beaux quartiers se couvraient de bestioles dépouillées marchant dorénavant sur deux pattes. Dans les tranchées, c'était la peau de mouton qui était du dernier chic quand ça pinçait, on se battait pour en posséder et on prenait des risques insensés pour aller en retirer une sur le corps d'un crevé.

Planté sur ce trottoir, on le contournait en maugréant, il gênait. Jean se mit en quête d'une poubelle, définitivement convaincu que le paquet de feuilles qu'il portait depuis le matin n'avait que cet avenir.

Rue du Cherche-Midi, embossé contre une porte, un homme assis par terre s'était ficelé de couvertures breneuses et de vieux journaux, un ballot de chiffe tombé d'une charrette. Malgré le froid piquant il lisait à mains nues un livre étrangement neuf. Jean eut l'idée de déposer le manuscrit dans son escarcelle, en disant que, s'il n'aimait pas, il pourrait toujours en faire du feu. Passé la surprise, le mendigot gueula qu'il n'était pas une poubelle et qu'il pouvait se le mettre où il pensait, son tas de feuilles. Jean accéléra le mouvement et vit, quelques mètres plus loin, un café où il rentra. Il commanda une fillette de beaujolais et commença à écaler un œuf dur. Même pour du feu, on ne voulait pas de sa prose.

*

Il atteignait la fin de son pot et son deuxième œuf lorsque la cloche fit une entrée fracassante dans l'estaminet. Le patron gueula depuis les cuisines qu'il l'avait déjà prévenu de ne pas rentrer dans l'établissement à cette heure-ci, mais d'une voix solennelle et forte l'autre répondit qu'il ne venait pas quémander mais que *môssieur* avait rendez-vous avec un ancien. Et de désigner Jean en tendant la main.

— *Moi, j'étais dans les Dardanelles, zouave, retour à pattes jusqu'en Normandie. J'm'appelle Morin. T'es t'y sûr qu't'en veux plus? Parce que moi, avec mon emploi du temps, je risque d'être long à te les rendre tes poèmes. Je viens d'en lire un au hasard et je me suis dit : le gars qu'a noirci ça, il a dû connaître la chicore, pas vrai ?*

Il sentait fort, le bougre. Jean n'était pas bégueule et, dans les tranchées, il en avait respiré du fétide, mais là, le contraste avec le fumet des saucisses-lentilles qui refoulait des cuisines avait de quoi faire pâlir. Il serra tout de même la main gonflée de froid qui attendait.

Après les salutations, ne sachant que dire, il commanda un autre flacon sous le regard satisfait du zouave Morin. Le patron profita de l'occasion pour les avertir qu'il ne voulait pas d'histoires et qu'il acceptait de les servir à condition qu'ils aillent commémorer dehors, car l'heure du déjeuner sonnait. Bonne poire et reconnaissant à la patrie, il était prêt à leur doubler la mise pour le même tarif s'ils consentaient à dégager le comptoir et à ramener les bouteilles vides. L'argument fit mouche chez Morin, qui le somma d'abouler le picrate, et c'est ainsi que les anciens poilus se retrouvèrent dehors sous la neige, une fillette dans chaque main.

L'éditeur avait plié l'avenir du manuscrit en un petit compliment noyé dans une phrase molle trop longue, et, sans marquer la moindre pause, avait enchaîné sur une proposition : un livre à écrire pour le compte d'un autre, d'une autre en l'occurrence, une comédienne du Français sur le point de quitter la grande ruche qui souhaitait que le public sache tout de sa vie et de son œuvre tout en soldant quelques comptes. Une commande. Ça sentait l'effort, le service rendu, l'entregent.

La condescendance de l'offre mijotait encore dans la tête d'un Jean exposé aux embruns grasseyants de son compère. Morin, tout en cheminant en direction d'un petit square où *ils seraient au poil*, avait commencé son Iliade de zouave perdu dans les confins de l'Europe. Jean se douta qu'il devait le relancer lorsque le bonhomme s'arrêtait net sur le trottoir en répétant ses formules. Quelques interjections suffisaient à le redémarrer de la bouche et des pieds.

*

Ni le square ni les deux fillettes n'avaient suffi. Délogés par la police, ils avaient migré vers la Seine, refait le plein en cours de route avec la mitraille du zouave et un billet tiré de la poche de Jean. Depuis, sur le quai rive gauche, un feu de cageots crépitait pour deux ombres noires et vociférantes.

Ce n'est pas la Seine qui salive
Ce n'est pas la Seine qui piétine
Sous le Pont-Neuf
C'est moi le maudit
Qui brutalise Paris
À cris d'arrêt
C'est moi le conscrit

Qui revient des enfers
Va falloir vous y faire
À c'te gueule qui vocifère
À c'te gueule qui mortifère
Rangez vos abattis
L'abruti sans amis
est de retour…

Morin tenait le papier des deux mains, la tête penchée dessus pour que les lettres aient moins de chemin à faire. Il hurlait les mots qu'il reconnaissait ; pour les autres il baissait subitement le volume, ce qui donnait à sa scansion un train chaotique complexe à suivre.

— *Et toi tu voulais j'ter ça, mais tu serais pas un rien con des fois ?*

— *J'voulais pas l'jeter… je te l'ai offert, c'est pas pareil…*

Il lui avait répondu depuis l'escarpe du quai contre laquelle il se soulageait. Morin le rejoignit en prétextant que *pisser tout seul quand on est deux, ça ne se faisait pas, qu'c'était comme boire un coup sans trinquer*. Jean regarda son compère se défroquer et c'était toute une affaire ; il vit ses mains rouges percer un tunnel sous les couches de tissu et de papier, le menton coinçant un pan de couverture ; il devina sa peau et ses poils sous les replis, ses mains qui fouillaient toujours pour enfin tenir entre pouce et index un vit aussi confiné que poisseux.

— *Barre-toi, fous le camp... j'vais te faire du mal Morin... sauve-toi...*

Il avait prononcé ces phrases d'une voix étrangement calme. Le pauvre zouave le regardait en pissant, interdit, sans comprendre. Ils avaient tellement éructé de conneries ensemble depuis le midi que ce genre de saillie pouvait sortir d'un néant quelconque sans porter à conséquence. Il opina de la caboche en se marrant par acquit de conscience et se soulagea dans la foulée d'un pet sonore en finissant d'égoutter son bazar.

C'est alors que Jean l'empoigna par un pan de couverture et le fit valdinguer quelques mètres plus loin. Le zigue s'écrasa sur les pavés, amorti par ses épaisseurs, puis se débattit sur le dos comme une tortue retournée, engoncé dans son armure molle. Jean, au-dessus de lui, une jambe de chaque côté, était prêt à le lyncher. L'œil devenu fou mais la voix posée et glaçante, il lui répéta qu'il devait fuir car il avait envie de le frapper et le prévenait. Morin eut un déclic. Se mit à ramper sur le dos pour s'éloigner sans chercher à calmer ce comparse, habitué qu'il était aux revirements de perdition que provoquent la rue et ses rencontres de hasard.

Une fois seul, c'est la proposition de l'éditeur qui domina les pensées de Jean. Il le ferait, ce livre, et il le ferait bien. Parce qu'il n'y avait que cela à faire.

1938

21.

Paris grouillait. Le monde glissait inexorablement vers le pire, mais Paris grouillait. Le cinéma triomphait ; en route vers le théâtre Jean regardait les affiches colorées, toutes ces histoires racontées dont pas une ne parlait de ce monde qui dévissait. Munich, Anschluss, Sudètes, Daladier, Chamberlain… ces noms chapeautaient des colonnes d'encre noire. On y allait. Les morts de 14 s'enfonçaient un peu plus dans leurs terres inféconde et leurs bois sans oiseaux.

*

Le travail de ses monologues, commencé avec enthousiasme il y avait maintenant plus d'un an, s'était, depuis, considérablement distendu. Il est vrai que cet enthousiasme était surtout le fait de Gaston. Excepté Charlotte et Bastien, le gros de la troupe renâclait à œuvrer sur ces « textes sinistres » que Jean continuait pourtant inlassablement d'écrire. Ce n'est pas qu'il y croyait mais il se devait de clore ce chapitre, d'écrire pour les morts, les siens, pour tous ceux disparus sans lettre d'adieu, sans prémonition qui pousse à noircir au porte-mine, quelques instants avant l'attaque suicidaire, trois mots d'adieu à papa-maman sur du papier arraché, sans la main du copain pour tenir la nuque quand la chair est en béance, sans blouse blanche, sans robe noire, rien, des morts sans rien autour pour faire avaler la pilule, que la guerre dispendieuse. Jean avait encore, dans ses oreilles parisiennes, les râles des blessés agonisant dans les zones interdites – ces *no man's land* comme disaient les British –, où, pourtant, des hommes se trouvaient et mourraient sans secours, ces *maman* gonflés de larmes qui rendaient fous les plus tenaces, et cette envie déshumanisante d'abréger leurs souffrances d'un tir de fête foraine. Alors il s'en foutait un peu des récalcitrants. Que ça se fasse ou pas, avec ou sans eux, ne lui importait guère. Il fallait poursuivre. Il se doutait qu'il n'écrirait rien d'autre de bien tant qu'il ne pourrait se débarrasser de cette charge et se débâter enfin.

La procrastination généralisée l'accablait cependant. Ce travail n'avançait pas, sa poésie n'intéressait personne, et, par-dessus le marché, il se trouvait embarqué depuis quelques années à enchaîner des biographies d'artistes et des mémoires de personnalités diverses qui assuraient sa pitance mais le désespéraient. Car, pour son plus grand malheur, sa collaboration avec la comédienne du Français avait été, pour lui, un succès… bien que le livre eût été interdit de parution sous peine de procès.

En plusieurs semaines d'entretiens avec la diva des planches, il avait en effet accumulé de quoi briser la moitié des ménages des dix derniers gouvernements, la dame se livrant sur ses aventures avec une insouciance étonnante. Si ses pages avaient réjoui l'éditeur, elles avaient toutefois été retournées en pleine face par Mademoiselle, soudainement affolée par l'imminence de la publication de ses ébats, et lui avaient valu d'être qualifié d'impudent. Ce que d'aucuns auraient perçu comme un échec, loin de l'écarter d'un avenir de tabellion de province, lui avait assuré d'autres commandes, moins risquées certes et qu'il n'avait pas eu la force d'âme de refuser. Son nom avait ensuite circulé dans le milieu, comme une valeur solide et peu onéreuse ; sa discrétion et son manque d'ambition faisaient en effet de lui une perle rare.

De son côté, Alice croyait toujours en lui. Et cette foi inébranlable dans son talent maintenait sa tête hors de l'eau. Au moins quelque chose brillait toujours, au loin.

*

Pour les besoins d'un texte, il avait pris contact avec une fréquentation dorée sur tranche des parents d'Alice rencontrée lors d'un dîner. L'homme avait servi à l'état-major de Pétain. De son témoignage, recueilli non sans mal et avec un chapelet de précautions, il avait eu l'idée d'un personnage fictif dont le frère se serait retrouvé fantassin sous le feu de Verdun tandis que, l'instruit, l'officier, aurait été affecté, lui, au service du héros national planqué dans les salons d'hôtels particuliers réquisitionnés, avec armagnac devant le feu de cheminée. Il avait imaginé que le «planqué», poussé par la honte, en finisse avec l'existence plutôt que de supporter le poids de la culpabilité. C'était précisément ce texte qui, dans la troupe, allait branler le début de la révolte.

Lorsqu'il arriva, les comédiens avaient délaissé leurs habituelles postures d'avachis pour un redressement généralisé encerclant un Gaston essayant de calmer les ardeurs et d'empêcher la mutinerie. Charlotte et Bastien, délaissés et assis, s'étaient éloignés des récalcitrants. En les apercevant, Jean leur adressa un petit signe de la main qui n'obtint comme réponse que deux mines décontenancées qui signifiaient que ça bardait. Le chef de meute se tourna sur lui.

— *Ah vous voilà ! Vous devriez avoir honte, monsieur. Je ne peux pas dire ces choses-là sur le maréchal Pétain. Cet homme a gagné la bataille de Verdun. Pétain, c'est la Voie sacrée, c'est la victoire, le sauveur de la France. Toutes ces histoires de maîtresses ne sont pas crédibles. Et puis quand bien même… ça nous servirait à quoi de le savoir ?*

— *Je suis d'accord avec Denis*, embraya un autre. *L'Europe risque de basculer dans la guerre et nous, pendant ce temps, on devrait travailler des textes démoralisants et infamants pour nos héros ?*

Maintenant que Denis avait sonné la charge, la horde y allait de bon cœur. Il eut droit à tout. Ça fusait de toutes parts. L'époque redevenait belliqueuse et si la diplomatie internationale avait été en peine de signes avant-coureurs, elle n'aurait eu qu'à se trouver là, dans cette salle de répétition.

D'instinct, Jean se rapprocha de Charlotte et Bastien pour attendre que l'ondée s'épuise. Quand ce dernier se leva brusquement de sa chaise, le silence se fit. Tout le monde pensait qu'il allait s'exprimer mais, confus, Bastien informa juste la troupe qu'il se rendait au petit coin. Charlotte ne put réprimer un fou rire, qui fit plonger sa tête contre l'épaule de Jean et redoubler l'ire de Denis et de ses compères.

— *Eh bien, moi, ça ne me fait pas rigoler. Et je peux vous dire, monsieur, que jamais je ne prêterai ma voix et mon talent à ces diatribes défaitistes.*

Gaston, demeuré silencieux volontairement, espérait une réaction salutaire de l'auteur. Salutaire pour lui-même tant il lui appartenait, si ce n'est de les convaincre, du moins de réagir. Mais Jean ressentait encore la tête de Charlotte posée sur son épaule lorsque celle-ci avait éclaté de rire. Et il la regardait maintenant se mordre les lèvres, tête redressée, et tentait d'effacer de sa mémoire la mine penaude de Bastien, l'œil encore humide. Déconcertée par l'aphasie de l'auteur, la gronde des comédiens sembla marquer le pas. Jean posa la main sur l'épaule de Charlotte – il voulait se lever pour répondre mais aussi poser ses doigts sur sa peau.

— *Je vous écoute depuis tout à l'heure et vous me consternez. Vous êtes comédiens et, moi, je croyais que ce métier magnifique consistait pour vous à vous mettre à la place des autres, de tous les autres, les héros comme les abrutis, à vous glisser dans la pensée, juste comme à l'intérieur de celle qui se fourvoie, à être habités par celui qui sait parler comme par celui qui s'embourbe. Qu'est-ce que vous savez de la guerre ? Vous n'y connaissez rien et c'est normal puisque vous n'avez pas l'âge. Mais, s'il vous plaît, ne répétez pas bêtement ce que vous entendez. Pétain n'a rien gagné, rien, il a eu la permission de faire mourir en masse, c'est tout. Ce qu'il a fait, n'importe quel crétin gradé aurait pu le faire. On lui a donné un chèque en blanc d'hommes et de matériel ! La Voie sacrée est un chemin de mort, la majorité des hommes qui l'ont empruntée à l'aller ne l'ont pas prise au retour. Ce n'était pas de la stratégie, mais de la surabondance, de l'écœurement : plus de canons, plus d'hommes et des roulements plus courts pour que la boucherie ne démoralise pas la piétaille. Castelnau sur la rive droite de la Meuse, ça vous dit quelque chose ? Raynal à Vaux, ça vous parle ? Ce sont les poilus, les sauveurs de Verdun, ces pauvres couillons qui se sont battus et ont tenu sous l'enfer. Six cents morts par jour pendant trois cents jours de bataille ! Quand Joffre a nommé Pétain, vous savez où on l'a trouvé ? À Paris, à l'hôtel Terminus, en chemise de nuit avec une poule…*

*

— *Daladier a signé! Marcel vient de me le dire... La paix est sauvée.*

Essoufflé et radieux, Bastien, de retour des toilettes, venait d'annoncer la nouvelle en criant. La surprise de l'annonce provoqua des mouvements de tête, chacun se tournant vers un autre pour vérifier qu'il avait bien entendu. Ensuite l'étonnement céda la place aux réjouissances. On se congratulait, le spectre d'une autre guerre s'envolait et, avec elle, la « Grande » s'enfonçait un peu plus dans l'Histoire. Toujours assis et seul, le metteur en scène, songeur, ne semblait pas partager l'euphorie de sa troupe.

— *Cet accord est une honte... Vous avez lu* Mein Kampf*?* fit-il.

Le silence qui suivit lui servit de réponse.

— *Eh bien, lisez-le, tout est dedans.*

Alors ce fut la mêlée, un embrouillement de phrases et de propos dissonants, chacun cherchant à imposer son point de vue comme si chacun en avait un qui valait le coup d'être balancé. Des noms se voyaient projetés en l'air comme des chapeaux ou crachés par terre comme des glaviots. Il y avait les ceux, comme Denis, qui pensaient que la France avait besoin d'une poigne, les ceux qui s'en indignaient, des pour-la-paix à tout prix et des va-t-en-guerre une bonne fois pour toutes. Le ton montait, le metteur en scène regrettait d'avoir rouvert la fête à Neu-Neu fermée depuis trois ans.

Jean regardait Charlotte. Et Charlotte lui rendait ses regards en les augmentant de sourires scintillants. Ayant envie d'être ailleurs, il le lui fit comprendre d'un coup d'œil vers la porte. La comédienne rassembla aussitôt ses affaires. Elle attendait ce moment. Et Bastien les regarda s'enfuir.

*

Une fois dehors, Jean préféra s'éloigner de la rue de la Gaîté. Les yeux lumineux de Charlotte étaient d'accord. Très vite, en marchant elle prit son bras et, très vite, leurs bras se pressèrent l'un contre l'autre. Boulevard Saint-Germain, ils s'arrêtèrent devant le Café de Flore, se regardèrent à nouveau.

Jean lui avoua que ce serait une première. Charlotte lui rétorqua que, pour elle aussi, mais qu'elle n'avait pas d'argent. Jean venait de toucher une avance alors il l'invita. Et c'est comme ça, toujours serrés l'un contre l'autre, qu'ils s'assirent sur une banquette à l'étage.

1939

22.

Le berger accusait le poids des ans, c'est sans rechigner qu'il avait laissé Jean remonter un pan de mur en pierre sèche. Le vieil homme montrait du bout de sa canne celles qui allaient bien et lui, les positionnait. Jean s'y connaissait un peu ; avec son père, il avait façonné plusieurs calades dans les fermes avoisinantes. Si la technique n'avait rien à voir, le choix de la pierre s'avérait tout aussi primordial : il fallait savoir la lire, garder dans sa tête les emplacements, harmoniser les volumes, et avoir la patience d'attendre de tomber sur la bonne. Pour ces choses-là aussi, il fallait du temps, *construire vite, c'est construire lentement*, aimait à répéter son père.

*

Les parents de Jean étaient partis à quelques mois d'écart. La mère n'avait pas pu remonter une forte grippe et le père, devant la fosse, de ses mâchoires serrées, lui avait fait comprendre qu'il devait s'attendre à redescendre sous peu dans le Sud pour la même raison. La ferme avait été vendue à un jeune couple plein d'espoir, heureux de profiter de l'aubaine, l'argent n'étant pas l'affaire de l'héritier. L'homme était solide, la femme avait le ventre plein, cette famille en devenir qui représentait toutes les attentes de ses parents s'installerait au mieux dans ce qui avait fait les vies des siens – ce fils lointain leur devait bien ça !

Depuis leur disparition, Jean n'avait plus de remords vissé au ventre lorsqu'il descendait voir le berger. Avant, il lui arrivait de passer chez eux, visites bien rares tant les nouvelles à leur délivrer ne contenaient rien de rassurant pour eux. Sa vie ne ressemblait à rien. Il n'avait pas réussi à leur avouer que son mariage était cassé, avait gardé secrète la grossesse d'Alice et pas trouvé à propos de leur confier son naufrage. Chaque visite l'écartelait par deux puissantes carnes : le mensonge et la désespérance. Ni l'un ni l'autre n'étant concevables, il avait incliné pour l'absence. Depuis, il s'en voulait.

En débarrassant la maison, il était tombé sur une boîte en fer contenant ses lettres du front, le menu de son mariage ainsi que les billets de train qui les avaient montés à Paris. L'émotion l'avait broyé.

*

Le soleil déclinant, Elzéard avait allumé un feu. Les deux hommes respiraient le silence en regardant les flammes. Autour, une forêt de chênes s'étendait sur un territoire immense. Un jour ou l'autre, les hommes reviendraient et la préemption aveugle reprendrait. Jean avait d'ailleurs croisé des chasseurs à plusieurs reprises ; la forêt faisait parler d'elle. Comme s'il avait lu dans ses pensées, le berger lui conta avoir reçu la visite d'un jeune garde forestier. Qui l'avait averti de ne pas abîmer ce site exceptionnel avec ses feux, cette forêt – qu'il qualifiait de naturelle – étant pour lui un exemple unique de la force résiliente de dame Nature. Elzéard l'avait écouté sans broncher et le jeune était reparti comme il était venu. Bon signe, les autorités veillaient sur son œuvre.

Des bruits de guerre faisaient trembler l'Europe. Jean y pensait en regardant le vieux berger occupé à remettre dans les flammes des rogatons de branches à moitié consumés.

1942

23.

Bastien et Charlotte étaient restés fidèles à Jean, les autres s'étaient disséminés dans la nature occupée lorsque Gaston, débordé et englué dans une association des directeurs de théâtre créée par les autorités allemandes, avait mis au sommeil son cours et ses recherches parallèles. Il songeait même à quitter la direction du Montparnasse. Le bruit courait que Marguerite Jamois, sa comédienne fétiche, prendrait le relais. Jean pressentait la fatigue poindre chez ce passionné du théâtre allemand qui assistait, impuissant, à la mise en coupe de l'art dramatique français et aux multiples compromissions que cela entraînait.

Les théâtres parisiens tournaient à plein régime. Tels des paquebots aux soutes pleines, ils fendaient la poire de la ville triste et le public s'y ruait, pas bégueule. La gaudriole battait le haut du pavé, on voulait rire, ne plus penser aux restrictions, au couvre-feu, à la peur permanente qui collait comme un chancre. Le danger était partout, comme le journal. Le pays se regardait en chien de faïence, on tenait sa langue, on baissait les yeux et le seul endroit où ceux-ci remontaient, c'étaient les théâtres, théâtres refuges, théâtres cachettes, théâtres pour fuir, se blottir et se réchauffer… Malgré un répertoire passé au crible de la Propagandastaffel, les représentations étaient scrutées par la foule désireuse de messages cachés, du mot à galène sans crainte de voir surgir la voiture radiogonométrique. L'éphémère du théâtre était sa force. À peine prononcé, le mot évocateur restait coincé dans les consciences sans papier à mâchouiller ni radio à planquer au cœur des buffets. Le public traquait toute phrase à possible double sens qui laisserait penser que l'auteur, même s'il soupait la nuit chez Maxim's en bonne compagnie, n'en pensait pas moins. On en tremblait pour lui, on admirait *tout ce courage qu'il fallait-pensez-donc !* Et quand ça ne venait pas de l'auteur, on espérait de l'acteur un petit geste de la main ou le clin d'œil appuyé à la Maurice, pile au bon endroit. Alors la salle se brassardait de tricolore et l'on sortait en courant pour aller s'engouffrer dans le maussade, le menton fier en saisissant les dragonnes du dernier métro.

*

Si Jean avait su mettre sa maudite guerre en berne et s'adonner au comique troupier, il aurait été riche à l'heure qu'il était. Mais Jean ne sortait pas, cette frénésie le dégoûtait. Comment se réjouir et applaudir dans des salles purgées et interdites aux Juifs ? Dans des théâtres spoliés ou rebaptisés que les penseurs d'un nouveau théâtre s'empressaient de diriger ? Charlotte lui avait raconté les arrestations massives de 1941 et comment elle et sa famille s'étaient cachées chez une voisine l'espace de quelques jours. Elle lui avait parlé de l'humiliation qui étreint, malgré le courage et la gentillesse de cette dame, tant on n'y peut rien, être juif n'étant pas *un combat* lui martelait-elle. *Une idée, ça se soutient fièrement, on peut s'engueuler et se convaincre, mais être juif ?* Elle lui avait décrit son père qui ne mangeait plus, sa mère autrefois coquette qui se négligeait. En dépit de tout, Charlotte demeurait optimiste, convaincue que le plus dur était passé, que le gouvernement avait autorisé ces arrestations pour calmer l'ardeur des occupants allemands, qu'elle et les siens ne craignaient plus rien maintenant. Sinon, pour quelle raison la France les aurait-elle accueillis lorsqu'ils avaient fui la Tchécoslovaquie ?

Jean en avait connu, des grandes offensives qui devaient tout régler ! Mais ils y étaient retournés, par vagues de vingt ans. Et, malgré cette litanie de massacres, les gens continuaient à profiter des dernières terrasses de septembre ou des premiers rayons du printemps. Il n'avait pas eu le courage de lui dire que le bon sens ne pesait rien quand le grand n'importe quoi dominait les hommes.

*

Les trois rescapés se voyaient régulièrement grâce à Marcel, le régisseur, un homme sec et toujours anxieux, le genre de technicien pour qui tout est toujours un problème quelle que soit la demande mais qui, *au final*, arrange les bidons au centuple. Ayant eu l'occasion d'entendre certains textes, un soir il avait dit à Jean en fermant la boutique : *moi, c'étaient les Éparges!* Depuis, en l'absence de Gaston, adoubé par Marcel, l'auteur avait son rond de serviette au Montparnasse.

Jean s'essayait à la direction d'acteurs et ça lui plaisait plutôt. Dans ce cadre devenu rassurant, entouré de deux comédiens en herbe désireux de son travail, il pouvait enfin se laisser aller à arpenter les terres qu'il avait lui-même amendées. Engoncé dans son silence il avait appris à écouter les autres, comme les timides, comme tous ceux en recul sur les bruissements du monde. À force de côtoyer Elzéard, il avait compris aussi que les mots devaient être l'ultime recours, une dernière option avant l'incompréhension : le silence, les yeux, le corps ne sont pas muets, aussi avait-il repris ses textes et biffé comme un beau diable tout ce qui lui semblait superflu.

Le trio comprenait ensemble l'art de différer la parole. Dans ce registre, Bastien, acteur instinctif mal à l'aise avec l'accent du Sud que ses anciens camarades avaient pris l'habitude de railler, se révélait magnifique. Alors que Pagnol triomphait sur les planches et les écrans, la France théâtrale se sentait obligée de faire ronfler le parlé d'Île-de-France. Alors, lui se taisait. Il vouait même un véritable culte à Raimu qui avait, à l'en croire, réussi à ne pas sacrifier l'émotion et la vérité sur l'autel du pittoresque provençal.

Très vite Jean avait eu l'idée d'écrire pour Charlotte. Semaine après semaine, il lui avait constitué un véritable répertoire. Des lettres de femme, de sœur, de fille, de mère, de marraine, venaient en contrepoint des agonies masculines que désormais Bastien incarnait seul. Malgré les privations et l'inconfort, le travail avançait donc bien.

Le quotidien était de plus en plus dur. Les cours particuliers étant devenus une denrée rare et recherchée, Jean tirait la langue. Bastien traficotait pour améliorer l'ordinaire, une filière marseillaise le fournissant en huile et conserves qu'il revendait dans les coulisses des salles où il avait ses entrées – et ses sorties dérobées. Charlotte, interdite de scène parce que juive, n'osait pas fréquenter les studios de cinéma alors qu'on y tournait beaucoup. Ses anciens collègues couraient les auditions et décrochaient des rôles, la Continentale se montrait demandeuse et, si l'on n'était ni juif ni regardant, il y avait de quoi faire. Les nazis, en supprimant la concurrence des films étrangers, avaient grandement simplifié le marché. L'organisation teutonne avait remis les « pendules à l'heure » dans les statuts et, comme un « bonheur » n'arrive jamais seul, l'envoyé de Goebbels, Alfred Greven, était grand amateur de cinéma hexagonal. La propagande agissait donc avec une jolie souplesse dans le poignet. Le septième art français se retrouvait en pleine parenthèse enchantée et, mis à part quelques désagréments techniques provoqués par les pénuries, la grande et belle famille ne se plaignait pas beaucoup de la situation. Il y avait bien eu quelques départs vers l'étranger à la suite de la reprise en main gantée de cuir noir mais ces mauvais coucheurs avaient vite été remplacés et oubliés tout au bout du quai des brumes.

*

Les parents de Charlotte avaient envisagé de quitter Paris pour se rendre en zone libre mais, comme ils ne disposaient d'aucun point de chute rassurant, elle n'avait pas eu trop de mal à les convaincre de rester. À rebours des événements et des mesures gouvernementales, Charlotte conservait sa déconcertante foi dans l'avenir, convaincue que les lois antijuives ne dureraient pas, qu'elles étaient le seul moyen trouvé par le gouvernement de l'État français pour protéger « sa » population des *aigreurs nazies*, comme elle disait, que les choses finiraient forcément par s'apaiser.

N'ayant plus d'auditions, elle aidait ses parents dans leur atelier de couture installé derrière le conservatoire, rue de Madrid. Et ne savait rien d'Alice ! Plusieurs fois Jean avait été tenté de lui révéler cet amour qui n'en finissait pas, mais, devant sa tête amoureuse, entièrement tournée vers lui, face à son rire qui avait pourtant tant de raisons de pleurer, face à cette bouche volubile qui le poussait à répondre sans arrêt, il n'avait pas osé.

Ils passaient beaucoup de temps ensemble. Les soirs où elle le rejoignait chez lui, il débranchait son téléphone, cachait les fils et recouvrait le boîtier d'un coffrage de bois qu'il avait fabriqué et peinturluré en œuvre d'art. Ils dormaient ensemble mais Charlotte ne se donnait pas à lui. Ils s'enlaçaient, s'embrassaient avec passion mais n'allaient guère plus loin. Ses mains blanches et toujours glacées repoussaient délicatement celles de Jean lorsqu'il se faisait insistant. Loin de distendre leur relation, cette passion non consommée les liait profondément. Décontenancé les premières fois, Jean s'en était presque accommodé. Leur amour occupait finalement une place juste dans son cœur bicéphale.

C'est seulement quelques semaines plus tard, alors qu'il se trouvait chez lui avec Bastien – qui, pour l'occasion, avait remonté de l'anisette achetée sous le manteau – qu'il avait osé parler d'elle et de ses assauts infructueux. Jean avait débondé son cœur et, à mille lieues de ce qu'il ressentait réellement, s'était autorisé quelques plaisanteries graveleuses, poussé sans doute par la jeunesse de son interlocuteur. Bastien avait été surpris de ce laisser-aller, découvrant un autre homme, animé d'une paillardise dont il ne se serait jamais douté. Au bout d'un moment, estimant en avoir assez dit, Jean avait soulevé son verre et l'avait fait tinter sur celui de Bastien en demandant, pour conclure, de porter un toast à toutes ces «femmes compliquées». Bastien, les yeux teintés d'anisette, lui avait répondu qu'il trouvait la situation d'autant plus étrange que Charlotte et lui baisaient comme des fous depuis quelques mois.

Jean était resté saisi, le verre à la main, sonné, tandis que Bastien s'inquiétait de savoir s'il pouvait dormir chez lui vu que l'heure du couvre-feu était largement dépassée.

Jean connaissait désormais la réponse : il était vieux.

Il eut la vexation légère. Et ne changea rien dans ses relations avec les deux acteurs. Le travail avançait bien, le trio fonctionnait, malgré le froid et la faim personne n'avait envie d'abandonner. Jour après jour, ce projet devenait leur raison de vivre, celle de tenir le coup. Aucun espoir de jouer, mais la discordance entre leur travail et les temps qui couraient faisait tout le sel et toute la justesse de l'entreprise. Ils s'en remettaient à un lendemain possible, et c'est précisément cela qui les poussait à se réunir presque quotidiennement.

*

Un jour de mars de la même année 1942, Jean fut entraîné dans un recoin sombre de l'entrepôt de décors par Marcel. Le régisseur avait attendu la fin de la répétition et, impressionné, lui expliqua qu'il trouvait les deux jeunes très prometteurs.

— *Ton travail ressemble à rien*, dit-il, *mais c'est ce que j'aime. Et je pense que le patron serait ravi. Mais pour mettre la main sur lui en ce moment, c'est coton. Bref, faut que je te parle. Allons par là.*

Il désigna une sorte de grotte, un espace entre d'imposantes sculptures en plâtre dont une énorme tête de cheval qui pendait à l'envers.

— *Je l'ai toujours vu là c'te tête, tout le monde veut la bazarder mais je la garde.*

Jean caressa machinalement le museau de la bestiole. Il en avait vu des chevaux, pauvres bêtes qui, pendant la guerre, avaient droit à la commisération de la piétaille, n'avaient rien demandé et se retrouvaient prises dans la folie furieuse des hommes. Il pensa à ce tirailleur accroupi au chevet d'un cheval saccagé mais encore vivant qui, d'une main le caressait en pleurant et, de l'autre, tentait d'ajuster son Lebel afin de l'achever. Jean passait au pas de marche avec sa compagnie et, cent mètres plus loin, avait entendu la détonation sourde qui venait d'achever la vie d'un cheval de guerre.

— *Je te regarde faire depuis des mois, t'es un gars spécial et j'en ai pas croisé beaucoup des comme toi. On sent qu'on peut y aller à la confiance… Alors voilà, j'me lance… Je fais partie d'un groupe. On essaye de se bouger le cul rapport à tout ça. Pour l'instant on se réunit, on cause, mais on a déjà des idées, y a des trucs à faire…*

— Je vais boire un verre en face, si ça vous dit ! C'est Bastien qui régale, il est plein aux as ce soir !

Charlotte venait de lancer l'invitation au tas de décors au creux duquel Marcel et Jean s'étaient retirés. Jean répondit qu'il en serait, Marcel demeura en suspens.

— Cette France-là, tu la reconnais toi ? Moi non. Regarde les comédiens, ils travaillent, ça rouspète un peu contre les coupures d'électricité, les privations mais à part ça… j'ai le sentiment que rien ne les dérange vraiment. Ils veulent jouer, les gens s'engouffrent dans les théâtres, ils veulent rire et ça tombe bien, Vichy n'autorise que ça. Si les gens avaient de quoi bouffer et se chauffer, y seraient même heureux, ces cons-là ! J'ai un beau-frère chef machino à Boulogne. L'autre soir, y me disait que les Allemands, y avait pas mieux pour l'organisation. Sans ma sœur, y s'prenait une talmouse. Parfois, j'me dis que les boches font tout haut ce que les Français faisaient en douce. Viens nous voir un soir – je te dirai comment –, ça vaut le coup crois-moi. Depuis que j'en suis, je pétoche un peu mais, bon Dieu que je me sens mieux ! T'es pas obligé de me donner une réponse tout de suite, d'autant que la petite a l'air de t'attendre. C'te gosse quand même, ça doit pas être simple pour elle…

Jean promit qu'il réfléchirait, n'ayant aucune envie de lui dire d'emblée qu'il n'en serait pas, qu'il n'en serait de rien, quitte à décevoir les consciences les moins partisanes. Il avait déserté de toutes les guerres, même les plus justes et les plus salutaires. Il pouvait en assumer les conséquences. Être considéré comme un lâche ou un traître ne le dérangerait pas, il avait suffisamment traîné ses bandes molletières du côté de la mort pour se sentir immunisé contre ces mots de bien-portant.

Charlotte était son affaire maintenant. Non parce qu'elle était juive mais parce que c'était elle. Elle devenait son moyen de résister, le seul. Il la serrerait dans ses bras et, pour la lui arracher, il faudrait le tuer mais il ne prendrait pas les armes. Pas même pour elle. C'était avant, qu'il fallait lutter contre la guerre, lorsqu'elle était en germe dans ce pays en ruines mis à genoux et humilié parce qu'on se disait vainqueur, parce qu'on lui avait fait payer nos morts, parce que les porte-plume qui avaient rédigé la reddition de l'Allemagne avaient signé en même temps son mauvais réveil. Il en demeurait persuadé, la victoire de 1918 était une victoire d'états-majors, de comptables et de politiques. Sur le terrain, quel poilu à peu près sensé aurait pu se déclarer vainqueur ? Les casques avaient volé en l'air en ce matin du 11 novembre parce que les clairons sonnaient la fin des massacres, ils correspondaient à ça, les cris de joie et les embrassades. Le reste, tout le reste, avait été une construction dont on payait l'addition vingt-quatre ans plus tard. Alors comment lui dire, à ce brave Marcel, qu'il s'en foutait de son groupe d'activistes ? Qu'il s'en cognait de mettre une lettre dans une boîte, de planquer de la thune parachutée, de prendre des risques insensés pour des résultats dérisoires ? Pour lui, si l'Allemagne devait mordre la poussière, ça ne se jouerait pas entre amis courageux mais à grand renfort d'usines et de matériels de mort en masse.

— *Ne t'inquiète pas, je te libère. Tu sais où me trouver. Réfléchis, Jean…*

Marcel fit signe qu'il pouvait y aller, il devait fermer la boutique.

*

Au sortir du théâtre, Jean se retrouva en pleine forêt. Une forêt où il marchait lentement en remontant des pentes vives.

Les arbres ne luttaient pas, eux. Chaque roche, chaque dureté était entourée de racines sinueuses, qu'une force immense semblait conduire à travers les sols les plus impénétrables. Aucune densité ne pouvait les empêcher de s'engouffrer dans les profondeurs humides de la terre. Et cela se déroulait sans bruit, sans fureur d'aucune sorte, juste avec du tendre qui se glisse et profite du moindre interstice pour se faufiler. Une force naturelle dotée d'une certitude fascinante.

Depuis plus de trente ans, le berger plantait cette force quotidiennement et le résultat plongeait Jean dans une mélancolie profonde. Les hommes déchiraient une seconde fois le monde, et lui, tel un Jean de la Lune, se vivait en inutile. Toute cette guerre d'avant, tous ces dangers, toutes ces balles sifflant à ses oreilles et qui sifflaient encore plus de deux décennies après, pour être quoi ? L'incarnation du lâche ? Ses convictions n'avaient plus aucun sens. La paix, notion ridicule que l'on vénère après les massacres mais que l'on piétine à l'aube du moindre bruissement métallique, cette paix qu'il voulait maintenir, cette mauvaise paix dont il n'avait pas honte car la plus mauvaise des paix valait plus à ses yeux que la plus juste des guerres, cette paix le suivait comme un chien jaune collé à ses semelles fatiguées.

Jean avait reçu le numéro trois. Lorsque l'officier les avait comptés, c'est ce nombre qui lui avait été attribué, le trois. Le quatre serait donc sur sa gauche, un gars de Sainte-Foy-la-Grande. Les numéros quatre avaient été sortis du rang et fusillés. Pour mutinerie. Sans procès.

C'était quelques semaines après les grandes offensives de Nivelle. Quand Jean et quelques autres avaient mis crosse en l'air.

Le type de Sainte-Foy, en partant, avait regardé la rangée perforée de ses « quatre » et projeté vers eux :

— *J'me coucherai moins con ce soir. Tête haute, camarades !*

Tête haute.

Jean regardait ses pieds.

C'est la voix d'Alice qui lui fit lever la tête.

*

— Ça va ? Tu as l'air perdu ? Je passais dans le quartier…

— Oui ça va…

— Je me suis dit que ça faisait trop longtemps qu'on ne s'était pas vus. Alors j'ai profité d'une course dans les environs pour tenter ma chance. T'es sûr que ça va ? Ton téléphone est en panne ? Mon père m'a demandé de tes nouvelles récemment et ça m'a fait plaisir. Il sait que l'on se voit. Il ne dit rien, mais il sait. Il m'a murmuré que si tu avais besoin de quoi que ce soit, de l'argent ou… une aide quelconque pour toi ou l'un de tes amis… La période est difficile, il m'a dit de te le dire… C'est elle, Charlotte ?

Jean se tourna vivement vers le café. La comédienne les regardait, debout sur le trottoir, prête à partir. Un regard impénétrable. Elle fit une bise à Bastien et avança dans leur direction. Le cœur de Jean devint trop gros pour sa poitrine. En passant à quelques mètres d'eux, elle lui lança un dernier coup d'œil, toujours impénétrable, puis disparut dans le silence de Paris.

— Elle est jolie. Tu devais la rejoindre ?

— Oui.

— Eh bien, c'est trop tard il me semble. Je dois retrouver mon mari, mais j'ai encore un peu de temps, on marche ensemble ?

Alice n'était pas en guerre. Le monde entier l'était, sauf elle.

S'il est vrai qu'une fortune la protégeait, même dans le besoin ou serrée par l'inquiétude, elle aurait avancé dans la vie poussée par le même élan, par la même certitude enfantine. La population avait troqué toutes les couleurs de la terre pour revêtir un vilain marron mais Alice arpentait la ville en couleurs, dotée d'une force de vie contre laquelle toutes les armées du conflit se fracassaient. Sur les trottoirs les voix se teintaient de prudence, on ne se laissait aller qu'en lieu sûr, Paris la râleuse, Paris la poissarde devenait sourde et filait au plus court en longeant les murs tête basse, chaque éclat de voix dans cette cité en Toussaint faisait se retourner le grisâtre, mais Alice s'exprimait comme avant, comme toujours. Sur le chemin, sa voix sonore comme un ruisseau de montagne soulevait les têtes. Jean regardait les visages réprobateurs soudainement extirpés de l'ombre par sa « volubile », y décelait du réquisitoire, elle s'en moquait, les ignorait, ne sentait rien. Marcher avec elle dans Paris occupé s'approchait du fou rire qui vous prend en plein enterrement !

Accroché à son bras, Jean faisait le plein de bombance. Comme ils se voyaient moins ces derniers temps, ces quelques pas lui permettaient de sentir combien il le regrettait. La nouvelle vie d'Alice ne facilitait pas leurs escapades amoureuses, mais c'était surtout le changement de clientèle des hôtels de luxe qui plombait l'insouciance de leurs rendez-vous. Quand ils n'étaient pas réquisitionnés et interdits aux civils, les escaliers des palaces parisiens ruisselaient d'officiers supérieurs de la Wehrmacht. Le Bristol restait libre de la collection Nuit et Brouillard avec croix gammées de Hugo Boss, mais Alice ne souhaitait pas en faire leur unique point de chute. Elle avait un temps songé à louer un appartement mais abandonné l'idée, trop risquée : si sa nouvelle vie ne la comblait pas, elle en parlait sans soupirs et ne tenait en rien à humilier son mari au su et au vu de tous. En attente de Jean, ce nouvel homme dans sa vie lui permettait *a minima* de tenir. Elle hibernait avec ce monsieur dont elle ne parlait pratiquement jamais – ni en bien ni en mal, sa manière de le respecter. Elle savait néanmoins qu'un jour elle le ferait souffrir.

Une traversée de Paris aller et retour n'aurait pas suffi à faire le tour de ce qu'elle avait à lui dire. Ses parents les faisaient piétiner maintenant près du Bon Marché. Ils allaient bien, malgré leur âge et surtout la mise en retrait de son père du monde des affaires. Jusqu'à la débâcle, il avait gardé son bureau au Comptoir national d'escompte, et s'y rendait tous les jours, au grand désespoir de son successeur contraint de composer quotidiennement avec cette figure tutélaire. Alexis Rostaing était même devenu une sorte d'oracle que les jeunes loups de la finance venaient régulièrement consulter. En revanche, depuis l'invasion des Allemands, le couple restait cloîtré. L'hôtel particulier avait un temps été visé par un haut gradé de la Waffen SS, mais les relations de Monsieur avaient permis d'écarter l'impétrant à tête de mort. Le couperet n'était pas passé loin mais, depuis, la mélancolie occupait les cerveaux des époux Rostaing. Et, tel un partenaire de bridge ennuyeux, le deuil d'une ribambelle de petits-enfants était un chemin qu'ils avaient peine à arpenter. Le nouvel époux de leur fille était charmant et réconfortant mais ils lisaient dans les yeux de celle-ci une flamme qui ne lui était pas adressée. S'ils ne s'en parlaient jamais, certains soirs leurs silences convenaient des mêmes soupirs : quitte à ne pas avoir de descendants, ne vaudrait-il pas mieux que leur fille retrouvât celui qui dilatait ses pupilles ?

24.

Jean était en retard. Il venait de quitter Alice et la chambre 108 du Bristol, l'un des seuls palaces boudés par le vert-de-gris. Ils s'étaient résolus à cet hôtel tout en se jurant que ce serait la dernière fois : le réceptionniste avait donné la clé du 108 avant même qu'ils la demandent, geste qui les avait froissés.

Juste avant de partir, alors qu'il rassemblait ses affaires, Jean s'était laissé aller à lui dire qu'il souhaitait l'emmener *là-haut*… quand tout serait fini.

Elle lui avait demandé de répéter.

Il y avait eu un grand silence. Suffisamment long pour lui faire regretter d'avoir posé la question et ce ton léger et moqueur qui, à coup sûr, inviterait Jean à penser qu'elle n'était pas à la hauteur du rendez-vous. Lui s'employait à retrouver sa seconde chaussette. Alice avait décidé d'attendre. Elle l'observait.

Il était désespérément beau. Les vingt années écoulées avaient taillé au ciseau à bois le juvénile de son visage et faisaient apparaître le veinage d'un homme mûr. Son corps semblait plus solide, comme s'il avait enfin pris racine. Le scion souple et fin que la guerre, dans sa grande déforestation humaine, avait épargné, le laissant faible, isolé dans un champ de souches brunes méchamment retournées, le rameau faiblard aux feuilles malingres et disproportionnées avait œuvré en souterrain puisque le dehors n'avait plus de sens. Démuni de tout, sans Dieu ni argent, il avait survécu.

Durant ces vingt longues années, Jean ne lui avait jamais rien demandé. Il n'avait tiré aucun profit ou secours de son aisance. Cet homme infructueux avait enchaîné les hivers et laissé filer les printemps mais persisté, satisfaisant ses besoins au plus serré, puisant sa pitance sur d'autres pentes, laissant les plaines grasses aux hommes malins.

Elle le regardait encore quand, remontant d'une expédition prolifique sous un meuble, chaussette droite en main, il l'avait fixée en retour.

— *Je veux t'emmener sur mes hauteurs. Quand la guerre sera terminée, je voudrais que tu voies ça…*

— *Eh ben, ça alors…*

— *Quoi ?*

— *Et tu m'annonces ça, maintenant, alors que tu vas retrouver tes amis ? Cette fille… je… pardon… j'ai l'impression de rater le train…*

Deux grosses larmes gonflaient tout au bord de ses yeux. Alice avait tourné le visage vers la fenêtre aux rideaux mal refermés qui laissaient passer un rai de lumière vive. Le silence était si charnu qu'on aurait pu le peler comme une pomme à couteau. Les deux gouttes épaisses ruisselaient lentement sur ses joues. La lumière en faisait des traînées de miel d'or.

— *Tu le veux vraiment?*

— *Oui.*

— *Ce soir je peux annoncer une mauvaise nouvelle à mon mari alors?*

*

En chemin, il fut surpris par une agitation de véhicules dans la ville. Des camions noirs et des bus de la STCRP circulaient à vive allure.

En arrivant à hauteur du théâtre, il découvrit Bastien et Marcel droits comme des i tirant nerveusement sur leur pipe. Le régisseur affichait son air «problèmes à régler» habituel, et Bastien avait le même visage, ce qui le surprit. Ses pas le rapprochaient et il distinguait, maintenant, la pâleur grave des deux têtes qui l'accueillirent sans sourires. Certes il était très en retard puisque pour toute réponse à la question d'Alice il s'était englouti en elle mais quand même. Il s'apprêtait à s'excuser platement quand il fut sèchement interrompu.

— *Charlotte a été raflée!*

Bastien venait de lui asséner l'annonce autant avec les yeux que la bouche. Et si sa bouche n'avait pas prononcé un mot, il aurait compris immédiatement qu'il s'agissait de Charlotte et que c'était grave rien qu'à la noirceur de ses yeux. Les trois hommes se regardèrent, percés de la même rage impuissante. Jean sentait que les pupilles du régisseur lui envoyaient des semonces silencieuses.

— *Pourquoi tu me regardes ainsi ? C'est ma faute, c'est ça ?*

— *Je n'ai rien dit.*

— *Il a rien dit, Jean.*

Le silence revint, claqué comme une porte par un courant d'air. En chacun, le plus infime début de pensée se voyait immédiatement balayé et s'en remettait au néant. L'événement les dépassait formidablement. Ils demeuraient figés, en proie à l'aboulie la plus accablante.

— *On les emmène où ?*

La question de Bastien ne servait pas à grand-chose mais avait le mérite de rompre cette pesanteur débilitante. Marcel se risqua à répondre *Drancy* mais ajouta aussi qu'on parlait du Vél' d'Hiv, qui servait de prison depuis quelque temps.

— *Et quand bien même on saurait, ça changerait quoi ? Vous croyez qu'on peut s'y rendre, s'adresser à l'entrée, la gueule enfarinée, en disant qu'on vient chercher une prénommée Charlotte ?*

Personne n'osa répondre quoi que ce fût à Jean qui venait de lâcher ça sans les regarder, les yeux perdus sur la façade de l'immeuble de l'autre côté de la rue.

— *Comment vous savez qu'elle a été raflée ?*

— Je devais aller la chercher et, comme d'habitude, elle ne descendait pas. Alors j'ai demandé à la concierge, et c'est elle qui me l'a dit. Elle a même ajouté que c'étaient pas des Allemands mais des Français…

Bastien continua de raconter la concierge contrainte de dire aux autorités où logeait la famille Kestenbaum. Il détailla ses larmes, ses excuses, son remords, le mouchoir à carreaux qui épongeait ses joues et qu'elle bouchonnait dans ses mains, son mari qui la prenait par l'épaule tout en essayant de faire taire un roquet qui jappait en continu depuis l'arrivée de la police. Mais Jean n'écoutait plus. Ses yeux ronds pointaient une pensée en germe. Il partit en courant. Des *Jean*, et des *où vas-tu ?* retombèrent par terre.

*

Elle lui avait dit qu'il l'aiderait en cas de besoin, alors il courait dans Paris. Retrouver Alice au plus vite, lui demander d'intercéder auprès de son père. Parmi toutes ses relations, il devait forcément connaître un haut fonctionnaire qui arriverait à sortir Charlotte de ce guêpier !

Jean courait dans la ville déserte, par une triste journée d'été en berne. Son cœur battait encore, encore, encore. Il trouva un café équipé d'un téléphone et s'y arrêta, s'engouffra dans une cabine en lançant le numéro du Bristol au bougnat. À côté de lui, un homme pleurait dans le combiné une litanie de prénoms dont lui aussi était sans nouvelles. Comme il n'y avait plus d'Alice Duvernois au Bristol, il demanda un autre appel en égrenant son numéro à Trudaine. Cette fois Alice décrocha. Elle venait de rentrer. Lui dire, faire vite, qu'elle appelle son père cloîtré chez lui depuis quelques jours, le prévenir... Elle dit : *Je m'en occupe mais vas-y.* Il obéit. N'ayant pas un sou en poche, il courut encore. Le XVIIe arrondissement n'était plus si loin.

*

Rozenn ouvrit la porte et resta bouche bée en découvrant ce Jean qu'elle n'avait pas revu depuis tant d'années. Sa tête granitique n'avait pas changé, à peine quelques petites rides s'étaient-elles creusées autour de ses yeux. Il lui demanda où était Monsieur en s'excusant de ne pas avoir le temps de bavarder un peu. Monsieur était malade et elle ne savait si on pouvait le déranger mais une voix sans salive de vieille femme lui ordonna de conduire le visiteur auprès de lui, c'était Madame.

Elle lui sourit lorsqu'il arriva à sa hauteur, en sueur. Elle le pria de ne pas affoler son mari qui, depuis quelque temps, était faible et essoufflé. Une chiquenaude pouvait le renverser. Sans entrer dans les détails, Jean avoua qu'il avait besoin de lui et que c'était extrêmement urgent. Madame répondit qu'elle s'en doutait et pouvait affirmer qu'il serait aussi heureux de le voir.

Elle l'accompagna jusqu'au bureau et repartit après avoir frappé énergiquement à la porte. Une voix de vieillard invita à entrer.

*

La pièce était sombre, les rideaux partiellement tirés ne laissaient pas passer assez de lumière, des ampoules brillaient au travers de verres épais et teintés. Monsieur, encore en robe de chambre, tel un vieux monarque, depuis une méridienne, d'une main pâle presque transparente lui fit signe d'approcher.

— *Alice m'a prévenu. J'ai appelé le secrétariat du préfet de police, on m'a répondu que le préfet était occupé, que la journée était un peu… particulière. Oui : particulière, c'est le mot qu'on a utilisé. Mais qu'il rappellerait au plus vite.*

— *Merci. Vous avez dit que c'était urgent ?*

— *Bien sûr. Il va rappeler… Il me rappelle toujours, c'est moi qui l'ai présenté à Dormoy. Ce n'est pas ce que j'ai fait de mieux.*

— *Vous connaissiez Dormoy ?*

— *Oui. Son assassinat m'a consterné. On ne votait pas pour les mêmes idées, mais c'était un homme courageux. Il n'y connaissait rien en finance. Il cherchait à savoir, contrairement aux autres. Je lui ai expliqué deux ou trois choses et il apprenait vite…*

Alexis Rostaing parlait lentement. Sa bouche sifflait régulièrement, son manque de force laissait filer l'air de ses poumons. Jean éprouva de la peine à le voir si diminué. La dernière image qu'il avait de lui était celle du couloir d'hôpital où il l'avait répudié mâchoires serrées et droit comme une croix. Il le voyait mal rasé, la peau flétrie qui abritait des bandes de poils gris ayant échappé au coupe-chou, une miette de biscuit refusant de quitter sa lèvre inférieure.

— *Installez-vous… Ça risque de prendre un peu de temps vous savez.*

Jean posa sa veste sur le dossier d'un fauteuil dont le cuir anglais avait dû accueillir un florilège de visiteurs particuliers qui, reçus dans ce cadre intime, en étaient assurément ressortis le sourire aux lèvres, auréolés de la confiance du puissant directeur. Combien de fois lui-même s'était-il retrouvé dans ce fauteuil, recroquevillé dans son malaise, déclinant les offres mirobolantes de son beau-père en bafouillant du silence ? À l'époque il aurait pu, d'un simple mouvement de tête, quitter son bureau sous les combles pour en rejoindre un autre équipé d'un ventilateur quelque part en Afrique. Banquier de paille, protégé par son statut de gendre regardant grandir sa marmaille à l'ombre des tulipiers, voilà ce qu'on lui offrait sans cesse. Et qu'il repoussait. Parfois le ton montait et Monsieur se levait alors brusquement, arpentait son antre de long en large pour tenter de comprendre ce qui animait cette caboche fêlée dont sa fille raffolait. Il avait beau expliquer qu'il n'y avait rien de dolosif dans ses propositions, qu'il s'occuperait de tout, l'entourerait d'une équipe compétente, qu'il n'aurait qu'à répéter les ordres reçus de Paris, son poète de beau-fils restait coincé dans le refus comme un putois traqué au fond de son terrier. Parfois, leurs rendez-vous confinaient à l'interminable. Monsieur essayait tous les registres, de l'austère patriarche tout droit sorti du XIXe siècle au beau-père beau joueur, compréhensif, un verre de malt en main… mais jamais rien n'y faisait. Et l'appel du dîner venait souvent clore ces débats sans issue, avec promesses d'en reparler.

— *Ma fille vous aime toujours… mais je ne vous apprends rien, j'imagine.*

Jean fut saisi, ce bureau n'était décidément pas fait pour lui.

— *Je la connais. Je connais ses yeux et cela fait vingt ans qu'ils trichent. Son mari y trouve son compte. J'ignore ce qu'il sait de vous, plus qu'il n'en montre à mon humble avis, c'est un faiseur mais il n'est pas sot. Son plus grand capital est notre reconnaissance. Il a récupéré notre fille en loques, en a fait sa femme, s'est montré attentionné, sans amour mais attentionné. Il a fait d'Alice un placement, mais l'a fait intelligemment, sans qu'on puisse lui reprocher quoi que ce soit. Comme il n'avait aucun intérêt à prétendre contrôler son cœur, et que l'enveloppe lui suffisait, ils ont joué cette comédie tous les deux. Pour eux et surtout pour nous. Mais je vais bientôt devoir clôturer mon compte et je sens que la sincérité manquera dans mes derniers instants. À défaut de petits-enfants, j'aimerais tenir quelques mains franches et regarder des yeux clairs avant de mourir. Puis-je vous poser une question ?*

— Oui.

— Où étiez-vous ?

— Comment ça ?

— Lorsque vous êtes revenu de chez vos parents en ce funeste printemps 1922 et que ma fille se mourait à l'hôpital. Où étiez-vous, réellement ?

— Avec un berger.

L'étonnement de Monsieur se changea rapidement en toux suffocante, dont il eut grand-peine à se reprendre. Jean tendit le joli verre de cristal rempli d'eau qui trônait sur le guéridon encombré de fioles médicales. Alexis souffla doucement pour vérifier que la tourmente était passée.

— Merci… Un berger dites-vous ? Vous pouvez m'en raconter plus ? Énoncé comme cela, ça peut prêter à confusion. Je ne pense pas que vous donniez dans les amours pastorales.

Jean entreprit de lui raconter depuis le début. L'amour de la marche né dans son enfance solitaire pétrie d'ennui, ses longues expéditions sans carte ni boussole poussées jusqu'à ressentir le parfum piquant de l'inquiétude lorsque le chemin du retour s'allongeait un peu trop. Il évoqua celle entreprise en 1913 dans ces hauteurs, où se mêlaient l'alpin et le provençal, vers ces landes perchées, arides et dénudées, oubliées des hommes, le village abandonné où il avait trouvé à s'abriter du vent, l'eau qui lui manquait jusqu'à faire battre ses tempes d'une crainte d'un autre âge. Il évoqua la silhouette noire de forme humaine, monolithe entouré de brebis qui, en approchant, s'avéra être un berger, le réconfort octroyé en silence par cet homme simple. Il détailla la soirée à la bougie passée à écouter la nuit lécher les murs de sa cabane de pierre, à regarder les mains épaisses de l'homme triant des glands comme s'il possédait un trésor inestimable.

Monsieur Rostaing l'écoutait. Ses poumons, sa gorge, son corps entier s'étaient calmés pour n'être qu'attention. Jamais il n'avait vu ce garçon aussi causant.

Jean en venait maintenant aux arbres, à ces milliers, ces centaines de milliers, peut-être même ces millions de chênes plantés un à un chaque jour de la vie du berger, à cette forêt si immense qu'elle s'étendait jusqu'à plus d'œil, à cette faune rampante, sautante, planante, dévalante qui animait ces terres dans une grande fureur inconsciente. Il avoua qu'il ne trouvait le repos que là-haut, dans cette forêt qui tenait dans la main d'un taiseux. Qu'à ces yeux, celui-ci représentait l'exact et rigoureux contraire de Verdun, masse humaine ferraillante plongée dans l'anéantissement et lui, une bribe d'homme semant l'existence dans la plus consolante solitude. Et que tout le reste ne faisait pas grand sens. Il admit que, pour son plus grand malheur, sa vie chaotique, poussée dans le dos par des vents furieux, l'avait fait se perdre dans ces deux extrémités tout aussi inconfortables l'une que l'autre :

comment construire son existence entre ces deux forces antipodales ? Tout ce qu'il faisait, lui semblait inutile et sans nerfs, dépossédé du moindre élan primaire qui pousse les choses naturelles à prospérer. Même le théâtre ne donnait rien, ne protégeait de rien, ni de la bêtise ni de l'indifférence, Charlotte en était la preuve.

C'est ce moment que choisit le téléphone de Monsieur pour sonner brutalement. Jean l'aida à se lever, tous deux ébranlés par la sonnerie stridente. Avant de décrocher, Alexis regarda une dernière fois son gendre avec des yeux d'importance.

— *Oui ? Ah, Stanislas. Écoutez mon vieux, je ne vais pas pouvoir vous parler maintenant, j'attends un coup de fil extrêmement important. Je vous rappellerai. C'est ça… allez. Au revoir, au revoir.*

Il raccrocha, essoufflé par l'effort et la déception.

— *Fausse alerte.*

Puis retourna s'asseoir sur la méridienne.

— *Depuis que je suis retiré des affaires, cet engin ne sonne quasiment plus mais il faut justement que ce soit aujourd'hui… enfin.*

La sonnerie intempestive les avait meurtris et les laissa tous deux désemparés, en plein silence. Jean devinait que les pensées de son ex-beau-père arpentaient des sommets peuplés d'arbres. Ça se voyait dans ses yeux : ses prunelles laiteuses découvraient la sylve du berger et s'en écarquillaient.

— *Comment s'appelle cet homme ?*

— *Elzéard Bouffier.*

Monsieur répéta en sourdine, le nom seul puis agrémenté du prénom, comme s'il cherchait dans son répertoire intime une homonymie approchante. Jean s'attendait à une phrase qui commencerait par *j'ai connu un Bouffier…* mais il n'en fut rien. Monsieur se perdait dans ses pensées.

— *J'ai longtemps fait partie de ceux qui croyaient que le progrès était ce qui nous préviendrait du chaos, que toutes les dépendances technologiques, commerciales et financières qui en résultent nous lieraient si fortement que les tentatives d'ascendant d'une nation sur une autre se retrouveraient immanquablement étouffées… En 1929, mes certitudes ont vacillé et votre Bouffier vient de donner le coup de grâce. Nous ne faisons que gigoter au bord des falaises et ne comprenons toujours pas pourquoi nous chutons régulièrement. J'ai mal agi.*

— *Comment ça ?*

— *Avec vous j'ai mal agi. Je vous ai renvoyé comme un malpropre sans vous écouter…*

— *À l'époque, dans le couloir, avec Alice entre la vie et la mort, si je vous avais parlé de ce berger je ne pense pas que l'argument aurait fait mouche…*

Monsieur souffla un petit rire dans la douleur, expectorant quelques matières dans un large mouchoir, et admit, entre deux crachats vite enveloppés de coton d'Égypte, qu'il avait raison.

*

Les minutes passèrent. Bientôt le silence du téléphone imposa sa pesanteur. Monsieur finit par somnoler sur la méridienne. Jean, hésitant à le laisser se reposer, se dit qu'il fallait partir quand il s'aperçut que le préfet pouvait appeler à tout instant et que lui, cette fois, se devait d'être là. Ses yeux abandonnèrent les allers et retours inutiles entre l'appareil de bakélite et la face assoupie d'Alexis pour parcourir ce grand bureau encombré de tout ce qui avait composé la vie de Monsieur. Les murs ruisselaient de diplômes et distinctions, une espèce de meuble bas tout en longueur laissait voir, à travers une vitre rectangulaire, une flopée de médailles grosses comme des macarons. L'Afrique se déclinait sur les parois et les étagères, des masques dans, dogons et bamilékés tout en couleurs et perles, avec petite fiche cartonnée explicative soigneusement rédigée à l'encre mauve, occupaient l'espace. Monsieur n'aimait pas les livres. Aucun ouvrage n'avait les honneurs de son étude. Quelques archives reliées en imposaient sur un rayonnage mais elles devaient renfermer plus de chiffres que de belles phrases. Le Président Rostaing ne faisait toujours pas semblant, il s'était refusé à avoir, comme certains, une bibliothèque composée de livres anciens condamnés à l'apparence. En revanche, une impressionnante collection de gravures et d'eaux-fortes tentait de survivre au milieu des couleurs africaines. Pas de doute, aux mots il préférait les images. Parmi elles, un portrait retint l'attention de Jean. Le cartel indiquait «le Bourbonnais» de Lucien Pénat. Cette face d'homme barbue, aux yeux légèrement pointés vers le sol, pouvait laisser penser que le sujet priait, un drôle de pli au niveau du cou laissant même imaginer deux mains jointes. Mais quand Jean s'en approcha, il fut troublé. Bouleversé même. C'était le berger qui le regardait, la ressemblance était stupéfiante. Elzéard se trouvait donc là, accroché au mur, dans le bureau de monsieur Rostaing depuis toujours…

Jean se dirigea vers la fenêtre. Après avoir écarté un pan de lourd velours puis un voilage tout aussi épais, il laissa couler ses pensées par les vannes largement ouvertes de ses yeux. Et il ne fallut guère de temps avant que l'avenue de Wagram, en contrebas, se peuple d'arbres. Ceux-ci poussaient en perçant le sol recouvert de pavés, écartaient les blocs et se dressaient vers le ciel. Les bancs, le kiosque, les quelques automobiles garées là se lignifiaient prodigieusement. Des chênes colonisaient les toits, d'énormes branches s'affranchissaient des murs, les entaillaient pour s'étendre comme de vastes bras humains s'étirant après le sommeil. Une énorme vague d'écorce et de feuilles submergeait Paris. Bientôt apparurent quelques bûcherons, sales, organisés en bande malfaisante, qui commencèrent à frapper les troncs de leurs merlins affûtés. Certains faisaient le guet pour protéger la rapine. Jean se doutait qu'un jour ou l'autre la forêt du berger attirerait les convoitises des charbonniers sans scrupules.

Une silhouette avançait parmi cette violence d'hommes. Charlotte, en robe d'été. D'une énorme étoile jaune perlait du sang. Elle errait, semblait avoir besoin d'aide mais les bûcherons continuaient à cogner, indifférents à ses appels. Leur grabuge de *hans* la rendait inaudible. Ils frappaient. Sans se soucier de cette présence fragile…

Le son strident d'un sifflet à roulette figea la scène. Les bûcherons se regardèrent, inquiets, et, subitement, sur ordre d'un des leurs, replièrent leur matériel et s'enfuirent en courant, abandonnant Charlotte au milieu de la clairière. Alors des silhouettes de policiers tout en capes, poussant avec peine leurs bicyclettes, surgirent. Elle ne sut où aller. Les stridences redoublèrent de volume. Jusqu'à envahir le bureau.

Le téléphone sonnait.

*

Jean quitta cette vision de cauchemar et se retourna vivement. Alexis Rostaing poussa un cri étouffé. Réveillés brutalement par la sonnerie, ses yeux semblaient perdus et affolés. Il tenta d'arracher à la méridienne son corps souffreteux, Jean lui vint en aide et l'accompagna vers l'appareil. Une fois devant, les deux hommes se regardèrent. Alors la main tremblante de Monsieur décrocha le combiné.

— Cher ami, comment allez-vous ? Oui… Je me doute, bien chargée en effet. Je ne veux pas vous retarder, vous devez avoir d'autres urgences. J'aimerais que vous examiniez le cas d'une certaine Charlotte Kestenbaum qui vient d'être malencontreusement arrêtée et qui se trouve actuellement enfermée au Vélodrome d'Hiver. Cette personne doit… Écoutez-moi… Il s'agit certainement d'une… Oui, je comprends bien, mais… Permettez-moi d'insister… Que je m'adresse ? Non, je ne connais pas ce Bousquet ni ce Hennequin, c'est à vous que… Si vous le permettez… Mais laissez-moi au moins…

— Il a raccroché !

Monsieur Rostaing vira au blême.

— Ils sont nerveux. Il ne voulait rien entendre. Je suis désolé, Jean.

— Qu'est-ce qu'on peut faire ? Vous n'avez pas, dans vos relations, quelqu'un de plus haut placé à contacter ? Laval par exemple ?

— C'est un voyou déflationniste qui ne pense qu'à lui. Il ne fera rien. On dit qu'on les emmène travailler en Pologne… Vous recevrez peut-être un courrier dans les jours à venir…

— On dit aussi qu'ils sont massacrés.

— Je suis fatigué, cher ami. Je ne comprends pas ce monde et ne cherche plus à le comprendre. J'ai consacré ma vie aux affaires pour en arriver là : vieux et usé, incapable de sauver une jeune fille…

Les deux hommes restèrent immobiles, deux statues inutilement disposées de part et d'autre d'un bureau d'acajou où trônait un téléphone. Les yeux de Monsieur s'embuaient tandis que ceux de Jean se perdaient dans l'obscurité et qu'à quelques kilomètres de ce face-à-face pathétique un vélodrome devenait le vestiaire de la mort.

*

Sans attendre de réponse à ses trois petits coups secs, madame Rostaing glissa une tête inquiète dans l'entrebâillement de la porte. Elle venait annoncer l'arrivée du médecin et désirait savoir si Jean resterait à dîner. La proposition mit du temps à parvenir jusqu'à leurs cerveaux. Les deux hommes se regardèrent, leur surprise ne provenant pas tant de la sollicitation que du ton badin avec lequel Madame l'avait prononcée.

Monsieur amorça prudemment le contournement de son bureau. Jean en profita pour décliner l'invitation en une phrase alambiquée et difficilement audible, mais alors qu'il passait devant lui, son ex-beau-père se permit d'insister. Alice serait là. Son mari se trouvait à Lyon pour affaires, et elle avait pris l'habitude de revenir chez ses parents en pareilles circonstances plutôt que de demeurer seule dans sa grande et belle maison de l'avenue Frochot, redécorée pour sa nouvelle histoire. Jean ne sut que répondre.

— *Ne dites rien, restez. La dernière fois que j'ai vu ma fille heureuse, elle était dans vos bras.*

Monsieur sortit rejoindre son médecin. Madame leva une tête d'oiseau vers Jean. Qui lui sourit en acquiesçant. L'affaire était entendue : il resterait dîner.

1944

25.

Monsieur Rostaing avait été enterré au crépuscule de cette guerre. Paris se délivrait. Des blindés pochés de tricolore battaient le pavé. Des jeunes gens découvraient, à peine le fusil en main, que la guerre se foutait pas mal de l'enthousiasme de la jeunesse, des corps tombaient sur les trottoirs. On tirait depuis des fenêtres, on s'agglutinait derrière les colonnes de la rue de Rivoli, on se retranchait dans les squares. Les rumeurs fusaient plus vite que les balles, certifiant que des SS étaient en route, qu'on avait vu des Espagnols *oui des Espagnols j'te dis* à l'Hôtel de Ville… et au beau milieu de cette effervescence Monsieur avait décidé de quitter les siens.

Il avait usé ses dernières forces à régler la séparation entre Alice et son mari. Le délaissé s'y entendant en arguties et traînage de pieds, la bataille avait été rude, mais Alexis Rostaing avait su rassembler ses esprits et son talent pour élaborer un contrat préservant les intérêts de sa fille et évitant le pillage. Alice et Jean pouvaient donc, désormais, se tenir la main devant ses yeux apaisés; c'était ce qu'il voulait et rien d'autre : voir sa fille heureuse.

*

Alice avait essayé jusqu'au bout de lui donner à admirer le visage radieux et reconnaissant pour lequel il avait tant travaillé, mais la mort de ce père tant aimé et aimant était la seule chose qu'elle ne pouvait concevoir. De l'enfance à l'adolescence, elle avait enterré sa mère des dizaines de fois et, le plus sérieusement du monde, établi des listes d'épouses convenables en cas de veuvage paternel. Chaque dîner avait été l'occasion de jauger la gent féminine, de griffonner dans un carnet les noms avec une orthographe toute relative, de lister les traits, la couleur des cheveux et des yeux, la nature du maquillage, le nombre et le goût des parures, l'humour, la gentillesse. Quand elle était petite, toute invitée qui ne lui disait pas bonjour en se mettant à sa hauteur était irrémédiablement éliminée. Les disputes et les tensions du couple faisaient ressortir ses cahiers et remettre à jour la comptabilité matrimoniale, dont elle faisait alors une copie délicatement glissée dans les affaires de son père. Ces mathématiques du cœur quelque peu sournoises auraient pu perdurer si, un soir de gros chagrin, alors qu'elle avait onze ans, son père ne lui avait pas remis un petit paquet de feuilles soigneusement enrubanné et, tout en lui caressant la joue, confié qu'il aimait sa mère et que, malgré les contrariétés, il désirait l'aimer jusqu'au bout du monde et du temps parce qu'elle était une bonne mère et une bonne épouse. *Un peu rude*, avait-il concédé, *mais aimante à sa manière*. Le temps des listes avait alors été terminé.

*

Son père avait eu le temps de travailler à un dernier projet. Qui tenait dans une grosse enveloppe que Jean eut l'autorisation d'ouvrir quelques heures après le décès. Elle contenait des pages et des pages d'une logorrhée administrative et financière qui, une fois traduite par le secrétaire particulier, signifiait que, désormais, un fonds serait alloué à la protection de *la forêt dite du berger*, charge étant faite à l'ex-gendre de gérer la manne au mieux des intérêts du site. La zone géographique était même localisée, avec une précision certes relative mais qui ne cessa de l'étonner, lui qui n'avait aucune souvenance de lui avoir révélé l'endroit exact. Ce qui supposait un laborieux travail d'enquête, que Monsieur, sur ses derniers jours, avait mené depuis son bureau. Il imagina les multiples appels téléphoniques aux autorités locales afin de collecter témoignages et récits permettant de situer *la forêt du berger*. Il manquait toutefois des noms de sentes, de combes, de roches, de hameaux, de cols, de rus, de champs, de fermes, de bastides, toute une toponymie qui avait bercé son enfance et chantait les frottements de la matière humaine à la dureté des sols, révélant ce que les souliers, les yeux, les cœurs et les âmes, jour après jour, saison après saison, avaient foulé, aperçu, soupiré, tremblé. Il manquait ce que cette nature avait de gigantesquement terrible, même dans ses parures les plus prometteuses d'avant-jour, même dans ses caresses d'avant-nuit racontant le minuscule humain. Il manquait ces vies de faines ensemencées au hasard des bourrasques de la destinée, ces histoires remontées du fond des âges en une poignée de vocables utiles et simples comme ces outils à main que l'on se transmet en soutenant le regard. Il manquait la nature racontant le destin commun des sols et des êtres qui y naissent et meurent… mais le travail de Monsieur, rigoureux et pragmatique, permettrait de protéger l'œuvre d'Elzéard.

Jean avait autrefois alerté une connaissance d'enfance, retrouvée par le plus grand des hasards durant l'un de ses allers et retours quelque temps avant cette guerre, à Manosque. Ce garçon, devenu garde forestier, avait été mis dans la confidence. Jean s'était décidé à lui dévoiler l'origine tout humaine de la forêt. Et lui avait même présenté Elzéard. À la suite de la rencontre, ce capitaine passionné par la nature avait promis de protéger l'œuvre. Jean se réjouit de lui communiquer l'existence du fonds réservé à la protection d'un site si exceptionnel.

*

Alice et sa mère se résignèrent à des obsèques rapides et discrètes. La saison étant à la mort violente en bras de chemise et béret sous le soleil de Paris, les fins de vie sous l'édredon et à l'ombre des rideaux n'étaient pas de mise. Mais, là encore, Monsieur avait bien œuvré. Le caveau était prêt, chacun avait son enveloppe, ne manquait pas même une note au curé pour éviter qu'on assène devant son cercueil les mots sacrés auxquels il ne croyait pas.

Madame fut doublement peinée car, à la mort de son mari, s'ajoutèrent donc *des obsèques* qu'elle qualifia d'*anonymes*. Elle maudit les combats de rue, exécra cette Libération qui lui interdisait d'enterrer son homme avec les honneurs si ce n'est du pays, au moins d'une classe politique reconnaissante. Mais la renommée, l'argent et l'entregent d'antan n'y pouvaient rien, l'extérieur était à l'historique, pas à l'intime. Même l'archevêque fut contraint de répondre – d'un ton sec – à Madame qu'il avait d'autres priorités.

*

Les obsèques se tinrent dans une ville en liesse, au pas de charge. Comme le quai de La Rapée débordait de cadavres et que les incessantes coupures d'électricité ne garantissaient pas une conservation correcte des dépouilles, on avait suggéré à la famille de faire vite. Et l'on fit vite. Au grand désespoir de Madame, qui se vit bousculée dans son chagrin.

Traversant certains quartiers bruissant de cavalcades guerrières dont le ramdam était surtout le fait de on-dit – comme si on voulait encore de la chicore maintenant que la force était du bon côté, maintenant que des poitrails regonflés aux échappements de fuel des engins de la 2e DB cherchaient des lanternes et de l'infamie à suspendre –, Adélaïde Rostaing, née Brugière de Barante, derrière la vitre de la voiture qui la menait au Père-Lachaise, regardait l'agitation populaire avec des yeux secs et outrés. Décidément tout lui échappait, l'époque, son mari, ses obsèques. Le général de Gaulle devait défiler sur les Champs-Élysées et, le même jour, la famille Rostaing suivrait un corbillard trop grand pour le maigre cortège qu'il tirait. Mais Madame se « tenait ». Une colère froide la raidissait. Elle ne s'exprimait qu'en invectives, pestait continuellement. Alice avait beau faire, ses paroles câlinantes ruisselaient sur sa mère comme une pluie drue sur un sol dénudé.

Quelques amis du couple avaient répondu présents, des vieux à la carrière faite que les bouleversements à venir ne concerneraient plus et qui pouvaient se permettre de suivre leur amitié ; pour les autres, Paris se libérait, des places étaient à prendre, beaucoup n'avaient que quelques heures devant eux pour redonner un peu d'éclat à leur honorabilité, ils ne furent donc pas nombreux, les actifs devant le caveau !

Émile se trouvait là, lui. Avec son épouse. Il y tenait. Monsieur lui avait tracé une belle route puisqu'il était maintenant un inspecteur général respecté et craint. Sa jambe artificielle et les cicatrices sur son visage lui avaient valu d'être surnommé le « grognard », or c'était bien un vieux de la garde qui se tenait au Père-Lachaise devenu ses Invalides. On y enterrait son Empereur et ses larmes n'étaient pas feintes. Émile n'était pas venu seul. Il demanda discrètement à Jean la permission de faire avancer un groupe resté à bonne distance du caveau. En se retournant, Jean reconnut la silhouette achabéenne de Croquevielle, toujours vivant et avec le même regard affûté, puis autour de lui, mesdemoiselles Martin et Dumoulin qui adressèrent un petit signe de la main à leur ancien collègue. Derrière eux, plus loin, se dressait aussi un peuple d'anonymes, les employés du Comptoir national d'escompte qui avaient délaissé la tempête du grand jour guerrier pour rendre un dernier hommage à leur directeur. Tous s'étaient faits aussi beaux que le permettaient quatre années de manque. L'hiver se tressait à l'été, des manteaux sombres et lourds étouffaient de deuil les chemises blanches et les robes légères.

Jean se dirigea vers eux et se mit à serrer des mains camarades, à saluer de la tête ces visages oubliés ou inconnus. L'effusion atteignit son acmé lorsqu'Alice quitta le bras de sa mère pour le rejoindre dans cette mêlée d'émotion. Débuta alors un festival d'accolades et d'étreintes, de paroles simples prononcées par des visages réellement émus, de larmes qui, pour les plus anciens, trébuchaient sur les sourires de voir la fille du Président et leur Jean ainsi réunis. La surprise était grande. Que n'avait-on entendu à leur sujet !

Madame, de loin, regardait l'attroupement sans comprendre ce qui se tramait. Et puis, entraînée par Alice revenue la chercher et Jean qui tentait de faire approcher le timide cortège, elle se découvrit au milieu de cette foule en deuil. Ils n'étaient pas ministres, ni diplomates, encore moins banquiers, mais ces gens sans importance étaient là. Alors le chagrin astringent de la Présidente Rostaing desserra son étau et Adélaïde s'autorisa quelques larmes.

Jean se retourna vers son vieil ami.

— *Merci Émile !*

— *De rien mon vieux. C'est une riche idée que t'as eue là !*

1945

26.

Jean repartit vers ses hauteurs au printemps 1945. La route pour s'y rendre n'avait pas changé. Seules quelques voitures peinturlurées de croix de Lorraine et de lettres rouges ou blanches troublaient la quiétude millénaire de son paysage d'enfance. Si la guerre bringuebalait son tintamarre de mort plus loin, sur des îlots minuscules saturés de bombes que baignait un océan jadis appelé Pacifique, ici – comme ailleurs – des torses civils se gonflaient de puissance et d'orgueil retrouvés pour chasser le renégat. Les temps étaient à la traque, on poursuivait le fautif, les rumeurs circulaient, des agissements suspectés d'infamie faisaient tomber des cheveux tandis que des corps et visages se voyaient hargneusement frappés par tant de rance accumulé. On emprisonnait à la va-vite. Des bougres aux visages bouffis de torgnoles étaient traînés derrière des murets et transpercés sans autre procès par les balles du «bon camp», exécutions sommaires opérées en beuglant pour ne pas avoir à entendre le moindre mot qui donnerait à penser.

L'heure était à la vengeance et la vengeance, comme les ventres affamés, n'a pas d'oreilles.

Il ne fut pas mécontent de laisser derrière lui toutes ces bourgades en effervescence et de grimper seul, et en silence, pour rejoindre la forêt d'Elzéard. Lorsqu'il vit ce dernier, la même pensée lui vint à l'esprit qu'au sortir de la guerre précédente : cet homme avait continué à planter sans se soucier des bruits du monde.

Sur le chemin du retour, il prit le temps de retourner dans le village abandonné, tenant à vérifier une intuition née lorsqu'il avait sauté par-dessus un ru vif. En face de la chappelle, un chant se fit entendre. La fontaine s'était remise à couler.

*

En quittant Elzéard, un étrange sentiment le gagna. Il ne le reverrait plus. Cet homme vigoureux allait sur ses quatre-vingt-huit ans comme on arpente un chemin de toujours, les mains dans le dos, néanmoins Jean avait observé des regards qui portaient trop loin. Avant de redescendre, le vieux berger avait gardé la main de Jean une fraction de temps dans la sienne. C'était un adieu, aussi ténu que l'œuvre de cet homme était immense.

*

Le retour, comme l'aller, fut chaotique. Un encombrement de trains, une kyrielle de changements et d'attentes. Il revint chargé de miel et d'espérance. Il savait précisément où l'emmener, par quelle ville arriver au plus près, quel sentier prendre afin que la forêt se révèle dans toute son apothéose. Il avait prévenu : le chemin serait long et il faudrait marcher.

1947

27.

Il y avait du monde.

Le théâtre n'était pas bien grand mais jusqu'à la dernière minute, ils s'étaient demandé deux choses contradictoires : pour Alice s'il resterait des fauteuils libres, pour Jean si les places seraient occupées. Dès vingt heures, ils furent rassurés. Alice avait hurlé la nouvelle depuis les marches grinçantes de l'escalier métallique tire-bouchonnant vers les coulisses. La salle serait pleine.

Jean accueillit l'information en ajoutant une nouvelle nuance au blême qui ne quittait plus son visage depuis quelques jours. Bastien, le fidèle Bastien, sauta dans les bras de Caroline avec une telle aisance qu'il semblait possible, voire probable, que ce ne fût pas la première embrassade entre eux.

*

Caroline était une jeune comédienne fraîchement débarquée de Normandie que Bastien avait rencontrée lorsqu'ils étaient tous deux sortis, dépités, d'une audition aux studios de Billancourt.

Monsieur de Marguenat, le réalisateur, ne les avait pas retenus pour son prochain tournage. Quelques pas tête basse ensemble, un verre ou deux dans le premier café qui se présentait et il avait entrepris l'actrice sur Jean Fournier, ses textes, le projet de spectacle et, surtout, le bonhomme.

De fait, Bastien lui vouait un véritable culte. Dans un premier temps, la disparition de Charlotte les avait soudés au chalumeau du chagrin. Ils avaient passé des heures à imaginer des plans pour l'exfiltrer, allant de la corruption d'agents jusqu'à se faire passer pour des médecins de la Croix-Rouge, mais aucune trouvaille n'avait tenu debout plus de quelques minutes. Des gardes-chiourmes corruptibles, il y en avait sûrement une cargaison, mais comment les reconnaître ? Et quand bien même, de quelle manière le policier, une fois la patte graissée, identifierait-il Charlotte dans la multitude captive ? En faisant une annonce au micro ? En se promenant avec une cloche et en aboyant son nom ? Ils avaient tourné et retourné leurs impuissances des heures durant autour du Vélodrome. Quand ils passaient devant les ouvertures, un brouhaha d'humains leur parvenait. À chaque fois qu'ils s'arrêtaient pour écouter, un pandore leur faisait signe de déguerpir, alors ils obtempéraient, l'un tirant l'autre par le bras en suppliant de ne pas répondre. Le départ des convois les avait crucifiés sur le mur d'en face : ils venaient de faucher deux blouses de médecin et un stéthoscope. Ils avaient assisté à la noria des camions à ridelles et autobus chargés jusqu'à la gueule de larmes et de prières depuis le trottoir, dans leurs blouses ridicules, les poings serrés et la gorge cimentée.

Alors Jean avait baissé les bras et enterré son projet. Au grand désespoir de Bastien qui soutenait qu'ils se devaient, pour elle, d'aller au bout. Mais rien à faire. Pas question de la remplacer. Le ton était monté régulièrement entre eux à ce sujet. Un soir d'engueulade, Bastien lui avait balancé, avant de claquer une porte, qu'en fait il était jaloux et que l'abandon de la pièce était une façon de se venger de ne pas avoir été celui avec lequel Charlotte baisait.

La brouille fut complète lorsque Bastien voulut transformer sa rage en action. Il avait décidé d'entrer dans la Résistance et espérait l'entraîner dans le groupe de Marcel. Jean avait refusé encore et ce fut terminé entre eux.

À l'automne 1945, ils s'étaient croisés par hasard devant la façade d'un théâtre du IXe arrondissement, fermé pour cause de marché noir. Bastien connaissait l'endroit pour y avoir trafiqué avant d'entrer dans la clandestinité et l'ancien propriétaire l'avait chargé de revendre tout ce qu'il pouvait. C'était ganté et entouré de déménageurs qu'il avait vu arriver Alice et Jean, tenant chacun une main d'une gamine. Une surprise totale pour lui, qui avait tourné le dos à un homme seul et triste et levait dorénavant les yeux, rue Fontaine, sur un tableau qui avait tout de la famille en vadrouille.

*

Alice et Jean avaient passé des jours et des jours à l'hôtel Lutetia durant l'été 1945. Dans l'espoir d'obtenir des informations de la part des quelques déportés de retour des camps nazis passant par ce centre d'accueil. Aucune trace de Charlotte, aucun témoignage, même le plus vague. Ils n'avaient pas de photos, pas le moindre document à accrocher sur les panneaux disposés dans le hall ou à brandir aux visages décharnés de ces revenants qui revenaient, comme le faisait chaque jour une foule nerveuse et désespérée.

Ils avaient assisté aux efforts inimaginables que les survivants fournissaient pour tenter de reconnaître le visage qu'on tendait fébrilement sous leurs yeux énormes, ils avaient vu la façon dont les plus coopératifs masquaient, de leur pouce, les cheveux sur les images pour voir à quoi ressemblaient ces têtes une fois les crânes rasés. Souvent, le délabrement physique des rescapés ne permettait même pas qu'un mot sorte de leurs bouches sans lèvres d'où jaillissaient seulement des dents démesurées. Ils fendaient la foule, le regard perdu, soutenus sous les aisselles par des scouts et des infirmières. D'autres, au contraire, redressaient leurs faces émaciées, tentaient de fixer des regards dans cette perdition et balançaient brutalement à qui pouvait entendre : *Oubliez-les, oubliez-les, ils sont morts tous…*

Et puis ils avaient revu la vieille femme.

Ils avaient déjà remarqué cette minuscule dame courbée les jours précédents, dont la main droite tenait fermement celle d'une fillette presque aussi grande qu'elle. La petite vieille questionnait inlassablement toute personne qui se présentait et, de son autre main, serrait un papier froissé, le brandissait sous le nez de ses interlocuteurs affairés. Rompue à l'exercice, elle fendait la foule du hall avec une détermination remarquable, la petite tirée derrière comme une carriole sans roues. Ils avaient vu aussi qu'elle refusait de se séparer de la petiote malgré l'insistance du personnel qui semblait lui proposer quelque chose. Dans ces cas-là, elle repartait aussitôt pour revenir le lendemain.

Un jour de septembre, leurs regards s'étaient donc croisés. Alice et Jean n'avaient plus aucun espoir, les arrivées se raréfiaient, les tables, panneaux d'accrochage, paravents, vestiaires improvisés et installations médicales se démontaient.

Quelques-uns étaient rentrés. Une poignée…

La femme se tenait à quelques mètres, serrant toujours la paume de la jeune fille et, pour la première fois, elle était abattue, dans ce lobby de palace devenu plus calme. Elle allait partir lorsque son visage s'était tourné vers eux. Ses yeux fatigués semblaient crier quelque chose. Elle avait fait quelques pas dans leur direction. Alice avait trouvé une chaise, Jean, debout à son côté, avait mis la main dans sa poche avec l'espoir de dénicher quelques pièces sous le mouchoir. Enfin devant eux, la vieille avait pris la main d'Alice et placé brutalement dedans celle de l'enfant.

— *Prenez-la… J'peux plus… Elle s'appelle Rachel. Dieu m'pardonne, Dieu m'pardonne…*

Et elle avait disparu.

Ils étaient restés tous les trois hébétés. Tous les trois regardaient dans la même direction. La vieille avait disparu mais ils la regardaient toujours. Ils regardaient une grande porte ouverte sur le boulevard Raspail, vide. Ils étaient trois statues oubliées. Trois statues qui scrutaient une porte ouverte par où avait fui une inconnue. Des gens entraient et sortaient, affairés sans les voir. Il n'y avait plus rien à regarder. Ce qui s'était passé là n'était rien. Une petite chose, une toute petite chose. Une minuscule goutte d'eau dans l'inimaginable océan de malheur qui s'était déversé, depuis des semaines et par vagues d'autobus, dans cet hôtel.

Jean avait encore la main dans la poche lorsqu'il s'était tourné vers Alice. Une main blanche et calme tenait une main abandonnée. La petite ne cherchait pas à s'enfuir, Alice ne la retenait pas, leurs deux mains se tenaient. Alice regardait maintenant la petite Rachel qui, elle, regardait toujours au loin.

Ils étaient restés longtemps comme ça.

*

C'est Alice qui avait parlé la première.

— *Tu as faim ?...*

Alice la regardait.

— *Rachel ?...*

Alice la regardait encore.

— *Tu as faim ?*

La petite s'était retournée lentement et avait fait non de la tête. Les yeux d'Alice ne s'étaient même plus autorisés à cligner.

— *Je m'appelle Alice et lui, c'est Jean...*

Rachel avait pris le temps de les détailler l'un après l'autre, Jean avait tenté un sourire lorsque les yeux de la petite étaient passés sur lui. Elle avait regardé son sourire comme si elle regardait une crevasse.

— *Je voudrais dormir.*

Elle avait prononcé cette phrase doucement, sans quitter des yeux le sourire du monsieur qui se prénommait Jean.

Alors il s'était accroupi et, tout aussi doucement, les yeux dans les yeux, lui avait dit qu'ils avaient un lit pour elle.

Alors il avait entendu, un peu au-dessus de lui, les petits chuintements d'un nez qui peinait à retenir des gouttes d'eau salée et senti une main se poser sur son épaule.

Jean avait sorti de sa poche un gland, qu'il avait tendu à l'enfant paume ouverte. La petite l'avait regardé longtemps et, lentement, très lentement, avait avancé sa main pour le prendre.

— Je connais un endroit où on pourra le planter tous les trois, si tu veux…

La petite fille avait hoché la tête et Alice, éclaté en sanglots.

*

Bastien retira ses gants, abasourdi, comme si le «Jean» devant lui n'était pas le vrai, ne pouvait être le vrai. Il dut s'asseoir. La caisse qu'il transportait reçut son hébétement et, assis maintenant en plein trottoir, il tenta d'arracher un sourire à la petite Rachel.

Jean venait de lui raconter tout, sans se cacher de la petite. Puisqu'elle avait déjà tout vécu, ils pensaient qu'elle avait le droit de tout entendre. Pour l'instant ils faisaient juste attention à ne pas se considérer comme ses parents, sans pour autant entretenir l'espoir d'un retour des siens – qu'ils ne pouvaient ni ne voulaient exclure totalement, un jour quelqu'un se manifesterait peut-être. Ils ne connaissaient rien d'elle, pas même son nom de famille, qu'elle refusait de dire. Jean avait expliqué sa première nuit chez eux, presque quarante-huit heures de sommeil, leur affolement en regardant les aiguilles de l'horloge faire des tours et des tours sans que l'enfant se réveille, leur délivrance lorsqu'elle s'était levée affamée et leur joie au premier sourire offert la bouche pleine. Il avait aussi parlé de sa belle-mère, qui passait dorénavant toutes ses journées chez eux et leurs tractations pour qu'elle n'y passe pas ses nuits. Jean parlait comme jamais il n'avait parlé. *Excuse-moi de t'interrompre chéri* fut une phrase qu'Alice n'aurait jamais pensé devoir un jour adresser à son homme et c'est pourtant celle qu'elle employa pour mettre fin à son récit. Elle s'intéressait au théâtre fermé et aurait voulu des précisions.

Ces retrouvailles rue Fontaine scellèrent le sort de la salle.

*

Depuis les coulisses, côté cour, Jean les apercevait au premier rang. Elles se tenaient la main, leurs regards réunis dans la même direction. Il avait prévu pour elles deux places un peu plus éloignées mais Rachel, en entrant, s'était précipitée sur le fauteuil du milieu de la première rangée.

Caroline et Bastien jouaient maintenant depuis plus d'une heure. Jean n'avait pas bougé de son poste d'observation. Il articulait le texte des yeux et de la bouche, suait à chaque silence de Bastien. Il avait la brochure sous les yeux et promis à l'acteur de se tenir prêt à souffler en cas de besoin. Mais, pour l'instant, aucun regard perdu ne venait le solliciter.

Regarde autour de toi, il n'y a plus grand-chose qui tienne debout. Rien que de la désolance. À cause de toi, j'suis un porté disparu, j'fais partie de la grande cohorte… T'es une espèce à part, toi. Regarde tes frangins… finis… hachés menu au moulin à café. Du fétu qu'on en a fait… Qu'est-ce qui te prend à pousser comme ça… T'as pas compris qu'ici c'est la grande casse ? Regarde-moi… j'en ai pris une dans le buffet, j'ose même pas regarder. J'me dis : tant que j'regarde pas, a existe pas. Ça chauffe un peu dans le bidon mais on s'y fait…

Chaque silence de Bastien dilatait ses pupilles en coulisse.

C'était le dernier, le tout dernier texte. Jean venait de l'écrire et Bastien avait eu à peine le temps de le mémoriser. Après celui-ci, un effet sonore de canonnade lointaine signifierait une guerre qui n'en finissait plus et un faisceau de lumière se resserrerait sur son visage pour montrer ses yeux se fermer comme un gros plan. Fin du spectacle.

Bastien était impérial. Il prenait le temps de dire, personne ne soupçonnait l'ampleur de la lutte intérieure qu'il menait. Sa mémoire, mise à rude épreuve avec cette nouvelle tirade, devait se rendre sourde aux affolements dus à la peur d'avoir à se jeter à l'eau.

Jean le regardait depuis sa coulisse et admirait ce courage de faire, d'oser faire, de se lancer sans être sûr. Combien de fois, lorsque leurs conversations s'éternisaient sur la pertinence d'un placement, la couleur d'un sentiment, Bastien avait-il mis fin au débat en usant de ce simple mot : *Essayons* ?

Jean n'avait jamais été aussi près de conclure ce projet de toute une vie et pourtant, au fond de lui, une autre vie se profilait, lointaine. Pendant les derniers jours de répétition, il avait paru distant, laissant les deux comédiens sans réponses précises. Son dernier texte rédigé dans l'urgence en était la preuve flagrante.

Tu sais qu'j'étais dans les plantes avant le grand tourbillon ? J'm'en suis farci du latin et pas qu'un peu. C'est beau le latin, ça rentre pas tout seul mais c'est beau… C'est ma douce qui me faisait réciter le soir… et y en avait. Ma douce ? Henriette kassapèle. J'l'ai toujours sur moi… j'te la montrerai pas car faudrait fouiller dans la veste et j'aime mieux pas, pas envie de plonger la main sous la liquette… C'est elle qui me faisait des soins le soir, en rentrant des serres, fallait voir c'te précaution qu'elle prenait. Le petit bâton pour retirer le noir des ongles, c'te crème qui me rendait les pognes poisseuses parce que, tu comprends, la terre ça assèche qu'elle disait. Et vas-y qu'elle tartinait, elle en remettait… J'avais les nougats graisseux comme des bielles. Et puis la grosse lime pour rectifier. Tous les matins j'partais avec des paluches de fonctionnaire… impeccables. Et pendant qu'elle bichonnait son homme, elle me faisait réciter. Le règne, le sous-règne, division, classe, sous-classe, ordre et famille… L'armée, à côté, c'est de la gnognote. Toi, par exemple, le péquin qui passerait dans le coin dirait que t'es un bouleau, un jeune bouleau et puis c'est tout, ça lui suffirait à ce con-là ! Mais moi j'peux te réciter ton pedigree. Écoute bien; règne, ça c'est facile : Plantae. Sous-règne, là ça s'complique : Tracheobionta. Me demande pas ce que ça veut dire. Division : Magnoliophyta. Classe : Magnoliopsida. Sous-classe : Hamamelidae. Ordre : Fagales. Et enfin ta famille : Betulaceae... Et là, c'est toi. Il faut drôlement s'écarteler les méninges pour se dire bonjour avec toi. Moi, c'est plus simple. Règne : animal. Sous-règne : pauvre couillon du front. Division : 5ᵉ, général Mangin. Classe : adjupète. Ordre : reprendre Douaumont. Et pour ce qui est de la famille : porté disparu...

Jean mâchait son texte en même temps que le comédien. Il se pensait discret mais l'intervention polie du régisseur le suppliant de parler moins fort lui révéla que ce n'était pas le cas. Le jeune homme tout en noir lui donnait du *monsieur le Directeur* qui, à chaque fois, laissait voir un sourire dans ses yeux.

Alice n'avait pas traîné : elle avait contacté l'ancien responsable, qui se débattait avec les comités de Libération pour cause d'activités douteuses pendant l'Occupation, et l'avait convaincu de céder les lieux. Les fonds débloqués, elle avait obtenu la levée des interdictions. En quelques mois, l'affaire avait été réglée. Et Jean intronisé.

T'es rien qu'un petit bout de plante et c'est rien que de la terre, mais le miraculeux là-dedans, c'est que ça se passe ici. T'avais toute la planète pour étendre tes radicelles et t'as choisi c'te coin. Remarque, si ça s'trouve t'as rien choisi du tout, t'es comme moi…

Jean avait reçu les clefs avec gravité. Au point que, l'espace de quelques instants, Alice avait douté que son initiative tombât à pic. Jean tenait les clefs en main et les regardait comme une poule une clef à molette, aucun remerciement ne filtrant de ses lèvres pincées. Et puis, se rendant compte qu'il fallait que quelque chose sortît de sa bouche, il avait dit qu'il acceptait cet immense et lourd cadeau à une seule condition : revendre le théâtre tout de suite après l'exploitation de sa pièce. Et de lui avouer qu'il ne voulait plus qu'elle dans sa vie, elle et Rachel, que tout le reste lui pesait, qu'il désirait enfin répondre *oui* aux envies d'Alice exprimées autrefois, de partir loin, de laisser la guerre, les guerres, derrière eux, trouver un coin de terre riche ou pauvre et y semer la vie, se contenter des saisons qui leur restaient pour devenir alchimistes, transmuer les peines en choses qui poussent. Il lui avait dit encore que demeurer dans cette ville tellement muette de choses vraies n'avait plus aucune pertinence, qu'il ne croyait qu'en eux, que rien ne se construirait autrement que par la volonté d'un seul, celui qui bouge sans attendre d'autorisation, sans compromis préalable de la foule. Il voulait que tous trois soient de cette trempe-là. Avec elle et Rachel il s'en sentait la force, enfin.

Plus il parlait, plus sa gorge se nouait et plus ses larmes montaient. Des *je t'aime* jetés au hasard comblaient à la hâte ses petites suspensions. Alice, elle, était décidée à le laisser s'épuiser. Ce torrent, elle l'attendait depuis si longtemps. Rachel avait fait quelques pas silencieux dans le salon inondé de phrases, quelques pas discrets qui avaient agi sur eux comme l'arrivée du chef dans la fosse sur un orchestre en train de s'accorder. Alice et Jean s'étaient tournés vers la petite, qui tenait un croûton de pain mouillé et mastiquait en les regardant. Et, après avoir avalé sa bouillie de pain, elle avait fait oui de la tête.

Ça fait bientôt cinq mois qu'on se chicore par ici. C'est-à-dire cent cinquante jours. Cent quarante-sept pour être précis. En comptant deux mille canons dans chaque camp, tu fais une moyenne entre les jours où ça pleut et les ceusses où il ne se passe pas grand-chose. Je compte une quarantaine d'obus par canon et par jour parce que je suis gentil et que plus, je ne peux pas. Car ça rentre pas dans mon entendement. T'arrives à… vingt-cinq millions d'obus. C'est-à-dire que là où on se trouve, il est tombé au moins trois obus… Donc c'est pas possible, t'avais aucune chance de pousser mon pote. Oui aucune chance. Aucune chance. Vraiment aucune chance… mais vraiment aucune…

Jean n'entendit pas le régisseur arriver derrière lui. Surpris dans ses pensées, il se retourna vivement.

— Je pense que Bastien a un trou, monsieur le Directeur. Il est en boucle.

Jean plongea immédiatement dans sa feuille. Il ignorait où le comédien en était. Dans l'affolement, les mots couchés sur le papier se ressemblaient tous et l'obscurité des coulisses n'arrangeait rien.

Bastien regardait maintenant vers la cour d'où était censée lui parvenir l'absolution, levait ostensiblement les sourcils comme autant d'appels au secours. Jean lui adressa des signes d'impuissance : il ne trouvait pas la phrase, battait des bras pour lui indiquer de continuer à la va-comme-je-te-pousse.

Après des phrases à peine audibles, l'acteur retomba sur ses pattes et quelques lignes plus loin.

Tu devrais pas exister. T'es une erreur ! Excuse-moi de te dire les choses comme ça de but en blanc, et moi aussi j'en suis une, et une belle tu vas me dire. Une grosse connerie oui. J'suis pas bête pourtant. Mais, là, j'comprends rien. Tout ce qui passe par ici… On se tue à grands coups de choses qui nous dépassent, y a pas de logique… Sachi ou sachipa, mais y a pas de logique. On est là avec nos petits gestes, on tend l'oreille, on baisse la tête, on ferme les yeux, on se couche, on ouvre la bouche… mais je te le dis, sachi ou sachipa c'est tout… Pas de logique… Betula bellicus… C'est ça qu't'es… un arbre de guerre… une sous-espèce.

Avant de rejoindre son poste, le régisseur glissa à l'oreille de Jean qu'il n'y connaissait pas grand-chose mais qu'il trouvait ça formidable. Il crut bon d'ajouter que ça ne marcherait jamais mais qu'il s'en foutait. Cet avis définitif laissa Jean songeur.

— Je n'arrive pas à voir ce que cela peut donner, ça ne ressemble à rien…

— Peut-être parce que ce n'est rien…

— Tu es bête… Et tout sera du même genre ?

— Je ne sais pas, je vois des soldats sur le point de mourir parlant à une fille jolie qui les regarde et les écoute sans rien exprimer. Je la vois en robe de mariée, je ne sais pas pourquoi. Une suite de monologues, mais pas forcément des agonies. Il y a des suicides, des hommes surpris par la mort…

— Pourquoi jolie ?

— ?????

— La fille… pourquoi jolie ?

— Parce que tu n'es pas vilaine…

Il se revoyait dans la chambre de l'hôtel Meurice. Il venait de lui faire lire ses premiers textes. Tout de suite après, ils avaient fait l'amour, dans un grand lit luxueux. Mais ici, depuis les coulisses de son théâtre et dans son crâne rêveur, ce lit était remisé au cœur d'une immense forêt de chênes. Il se revoyait, nerveux, s'agitant sur elle. Il ne faisait pas l'amour, il fuyait la guerre en elle, s'abritait en elle. Alice devait le retenir, l'apaiser comme un enfant affolé par une nuit cauchemardesque. Il jouissait en une douleur nerveuse. Une sorte de méchante crampe lui broyait les reins, il en ressortait siphonné et glacé.

La forêt l'emmena dans le village abandonné qu'il avait traversé en 1913 avant sa première rencontre avec Elzéard. La chapelle en ruines s'imposa dans ses pensées, il l'imaginait reconstruite, habillée de simple, avec juste ce qu'il fallait de parure pour que la foi des humbles s'y retrouvât. Il se voyait aussi dedans, en face d'un prêtre qu'il imaginait jeune et débutant. Il voyait Rachel dans une jolie robe tenant un bouquet de fleurs des champs. Le soleil serait là, un soleil amadoué par la fraîcheur des arbres qui transpercerait les ouvertures de la chapelle. Le jeune prêtre, embêté par leur demande, chercherait les mots pour célébrer cette union qui ne rentrait pas dans ses clous. Il se voyait encore sur les marches de l'église, le libérant de sa charge, visualisait leur poignée de main et la bise que Rachel ne manquerait pas de refuser à cet inconnu en noir pourtant gentil, et puis aussi leurs regards tournés vers la forêt qui, de cette chapelle, laisserait penser que Dieu avait bien œuvré.

Ici, d'vant moi, s'dressait tout un peuple d'arbres qui attrapait la lumière. Les obus ont rasé tout ça… Hop ! plus rien… terminé… foutu et pour un paquet de temps. Ça m'étonnerait que les zoziaux reviennent dans le coin avant longtemps. On ne sait rien des arbres, on sait tout de la guerre depuis longtemps, mais on ne sait rien des arbres. Ils nous survivent pourtant, ils enfilent les siècles en petits cerceaux dans leurs gros troncs. Dans leur bois il y a notre écho. Tout ce bruit qu'on fait, prisonniers de leur grand silence. Si on pouvait lire les arbres, on ferait moins les fiers. Qu'est-ce qu'on sait du monde, nous autres ? À part nous détruire à grands coups de bombes et entraîner tout le reste dans notre pagaille ? Hein, qu'est-ce qu'on sait ? Moi je te l'dis : que dalle. Attraper la lumière et le souffle de l'air et en faire du bois, c'est pas incroyable ça ? Et tout ça sans usines, sans fumées noires, sans ouvriers qui trinquent. Juste de l'air et de la lumière. Vous êtes les rois, je te le dis, des fameux ! Chaque fois qu'on meurt, on devrait se demander, au lieu de régler nos petites affaires devant le notaire : « Combien d'arbres j'ai mis en terre pendant ma vie ? » Voilà le grand souci qu'on devrait avoir avant le grand saut !

Les mots de Bastien en scène venaient percuter ses pensées. Jean se revoyait maintenant avant la guerre, la grande, fauché comme les blés. Il repensait à la première paire de chaussures souples qu'il avait achetée, à grand renfort de repas de pain et d'eau, des souliers qu'il avait aux pieds lorsqu'il avait rencontré le berger.

Ils iraient en Afrique, c'était certain.

Bastien mourait sur scène. La canonnade roulait comme prévu.

Ils iraient en Afrique mais, avant, il voulait emmener Rachel et Alice sur ses sentes, dire adieu au berger. Le berger. Elzéard.

*

— *Jean ? Jean ? Au deuxième salut je viendrai vous chercher… Restez là !*

Caroline venait d'apparaître en coulisse. Le spectacle s'achevait.

— *Merci Caroline, mais je ne préfère pas. Vous étiez formidable !*

Caroline ne put s'empêcher de l'embrasser. Elle sentait bon la cigarette, la sueur et le parfum sucré. Elle fit un petit signe qui se voulait insistant pour le faire changer d'avis, mais il répondit non de sa tête navrée. Elle émit un « dommage » des deux mains, paumes en l'air, puis disparut derrière son pendrillon.

Elzéard n'était plus de ce monde, il en était convaincu.

Et dans la salle, les gens applaudissaient.

FIN

Postface

Tout est parti de lui. Giono, Jean Giono. Un soir, il y a longtemps, dans un théâtre quelque part dans Paris. Un soir de première avec un cadeau. Un livre. Un livre tout petit et très fin : *L'Homme qui plantait des arbres*.

Une douzaine de pages avalées en une rasade et puis relues lentement pour s'en repaître.

Et comme toujours avec les livres magiques, on découvre, après les avoir lus, une communauté, une confrérie : ceux qui habitent avec l'ouvrage. Je l'ai pris sur moi comme on met un couteau dans sa poche. Désormais, il ferait partie de mon équipement. Une douzaine de pages silencieuses sur moi pour toujours.

Il m'a fait aimer des gens, il m'a donné foi en l'homme, moi qui errais sur des landes dépeuplées, il m'a fait aimer le cheminement ingrat du génie humain. Grâce à lui, j'ai pu lire la noblesse dans les gestes simples, voir le boulot que peut abattre un être humain le temps d'une vie consacrée, rencontrer Cheval et son Palais idéal, reconnaître tous ces petits cailloux et *tout ce courage qui va avec* chers à

Dominique Sampiero… Comprendre aussi ce plus beau qui peut jaillir de nous, sans fric, sans rien, grâce à deux pognes et un front bas, quelques *hans* et de la corne dans les paumes. Nos vies peuvent être des chefs-d'œuvre. Voilà ce que j'avais dans ma poche.

Bien plus tard, j'ai appris que ce livre était un don à l'humanité, que Giono nous l'avait cédé comme on donne une boussole à un brave en partance sur un bout de quai. Il voulait que son texte, on se l'approprie, on le traduise, l'adapte, le lise à haute voix ou en sourdine le soir aux âmes tendres. Il voulait qu'il voyage, que cet opuscule se retrouve dans des valises en carton bouilli, sente le café, le rhum et les épices.

Un jour d'ailleurs, en Californie, un homme nous loue sa maison. Ce barbu en tongs, qui laissait sa gamine sans peigne barboter dans le ketchup, était militant au Earth First. Je lui parle de Giono et de *L'Homme qui plantait des arbres*, de mon projet flottant d'en faire quelque chose un jour, lui traduis le titre avec trois bouts d'anglais sauvés du grand oubli. Ses yeux s'écarquillent : *It's my bible !* dit-il. Tout là-bas, si loin, Giono avait germé. Le gars bataillait contre une compagnie forestière qui voulait couper des Notre-Dame végétales : les Séquoias géants. Lui et une fille en robe à fleurs avaient lutté, fait des sittings, organisé des manifestations, des *name and shame*, s'étaient pris une bombe dans le coffre de leur voiture, avaient été accusés par le FBI d'avoir posé eux-mêmes l'engin, mais avaient persisté et gagné, les arbres géants avaient été sauvés. *L'Homme qui plantait des arbres* était leur livre. Lui, c'était Darryl Cherney, elle, Judi Bari.

Et puis, un autre jour j'apprends que Giono a tout inventé. Que cette rencontre avec Elzéard Bouffier était purement imaginaire. Furieux qu'on lui réclame des gages de véracité, il avait paraît-il déclaré : *Depuis quand demande-t-on à un auteur si ce qu'il écrit est vrai*? Loin de me décevoir, cette révélation me le fit aimer davantage. Une rencontre hasardeuse est un coup de chance, n'importe qui peut rencontrer n'importe qui, il n'y a plus qu'à raconter. Mais, là, ces quelques lignes se changeaient en or car elles venaient de son imagination et de plus loin encore : son âme. Car il avait dû la souhaiter de toute sa force, cette rencontre. Il avait dû la souhaiter tellement de fois en regardant ses hauteurs dénudées abandonnées des hommes. Il avait dû longuement rêver de ce berger christique rachetant nos péchés écologiques, providence d'homme désintéressé de tout, semant la vie jour après jour.

Si cette nouvelle est un conte, alors, qui est le « je » qui nous la raconte? Tout est parti de là. Une quête de « je » …

Philippe Torreton

Remerciements

Si je ne devais remercier qu'une personne, ce serait Jean Giono évidemment. Mais ce ne serait pas vraiment juste. Je lui dois ce livre et ce titre certes, mais il me faudrait remercier tout de suite après une autre personne : le Chêne, et sa grande et belle famille des *Quercus*, le Chêne qui est, à lui seul, un monde dans le monde.

Si je remercie Jean Giono, je dois remercier aussi le comédien Jacques Weber qui, un soir de première, m'a offert une de ses nouvelles : *L'Homme qui plantait des arbres*, en me faisant comprendre qu'entre ces lignes et ce qu'il connaissait de moi, ça devrait coller.

Si j'ai aimé ces quelques pages noircies à l'encre du Sud, c'est aussi parce que j'y ai retrouvé ma Mémé, qui plantait des arbres en des terres molles et nordiques ; merci Mémé.

Y pensant, surgit devant moi le Hêtre que j'ai planté un dimanche de quatorze ans, guidé par les conseils de mon père ; merci Papa. Jamais rameau n'a été transplanté avec autant de précautions, cendres, fumier et terre légère, protégé de l'herbivore par des poteaux cent fois plus gros que la maigre tige que je venais d'arracher à sa forêt tant je voulais qu'il me pardonne ce déracinement. Mes bras sont trop courts maintenant pour l'étreindre : est-ce sa façon de pardonner ? Je l'ignore. Il règne sur un fond de cour normande. Mais j'ai besoin de lui, ça, je le sais.

Je remercie encore les Séquoias géants que j'ai pu approcher en Amérique du Nord grâce aux droits d'auteur de mon livre *Mémé*. La cathédrale du monde se trouve dans ces forêts américaines où l'esprit, le Grand Esprit, est porté à bout de branches par ces fûts, ces gigantesques colonnes ligneuses que les hommes auraient tant de mal à construire en silence.

Dès les premiers mots couchés, il y a eu des oreilles attentives à les entendre.

Alors, merci Elsa d'avoir suspendu tes activités le temps d'une lecture.

Merci à mes « grands » Marie et Louis, à mes « petits » Jeanne et Simon.

Merci à ma mère, qui écoutait chaque jour au téléphone mes pages encore chaudes.

Merci à Thierry Billard qui m'a donné un blanc-seing pour le voyage. À Jean-Louis Livi qui aime Giono et sans lequel cet amour pour *L'Homme qui plantait des arbres* serait resté planté entre les pavés d'un bout de quai, comme un rêve adventiste, et qui m'a fait rencontrer Yves Angelo, ce poète de l'image. À Camille Trumer qui a pensé à téléphoner à Jean-Louis Livi. À Jean-François Gabard qui ne prenait pas ses doubles appels pendant que je lui lisais mes pages.

Merci à Volker Schlöndorff qui se reconnaîtra.

Merci à mon professeur de français de cinquième, parce qu'il y a toujours un professeur à remercier dans la vie d'un être humain; celui-ci s'appelait Désir, Gérald Désir.

Merci à William Shakespeare, qui a fait bouger une forêt et parler le sous-sol; Shakespeare, ce «grand frère» qui m'a tapé dans le dos un jour en me disant : *Qu'est-ce que tu risques?*

Merci à Bertolt Brecht d'avoir écrit : *Comment est la nuit? Claire.*

À Fabrice Melquiot, mon roi page. À Brel, ma lanterne. À Brassens, mon dictionnaire.

Je remercie Colo O'Hagan Tavernier de m'avoir fait lire un jour, en photocopies, *Les Coups* de Jean Meckert.

Merci à Guillaume, de la librairie Mot à mot parce qu'il y a toujours un libraire à remercier dans la vie d'un être humain.

Merci à Richard Kolinka de ne pas couper son gigantesque Cèdre, celui que ma famille et moi voyons chaque matin.

Merci à toutes les forêts… et pardon pour tout ce mal que l'on vous fait.

Et un immense merci à Sylvie Durbet-Giono pour avoir accueilli si simplement et si généreusement ce livre.

Table

Tout passe, les heures, les nuages dans le ciel, emportés de la naissance vers la mort.

Ne t'attache pas à la chronologie affective des choses. C'est une très mauvaise manière de voir le monde.

Fais de chaque seconde une expérience enrichissante, sans t'inquiéter du temps qui fuit et des matins qui ne reviennent plus.

Le présent est la seule chose qui n'ait pas de fin.

Proverbe amérindien

Ce livre existe grâce au travail de toute une équipe.

Communication : Caroline Babulle, Sandrine Perrier-Replein, Typhaine Maison, Adélaïde Yvert.

Coordination éditoriale et administrative : Céline Poiteaux, Martine Rivierre.

Studio : Pascaline Bressan, Barbara Cassouto-Lhenry, Joël Renaudat.

Fabrication : Muriel Le Ménez, Céline Ducournau, Bernadette Cristini, Phousa Chantharath, Isabelle Goulhot, Émilie Lapan (Canada).

Correction : Emmanuelle Coppeaux, Valérie Gautheron.

Commercial, relation libraires et marketing : Laetitia Beauvillain, Alexandra Profizi, Élise Iwasinta, Morgane Rissel, Aurélie Scart, Clément Vekeman.

Cessions de droits : Isabelle Votier, Benita Edzard, Lucile Besse, Sonia Guerreiro.

Gestion : Sophie Veisseyre, Chloé Hocquet, Isabelle Déxès, Camille Douin.

Services auteurs : Viviane Ouadenni, Jean-François Rechtman, Catherine Reimbold.

Ressources humaines : Mylène Bourreau.

Juridique : Laëtitia Doré, Anaïs Rebouh, Valérie Robe, Jean-Benoît Vassogne, Julia Crosnier.

Diffusion : Aurélia Spalacci (directrice des ventes), Nadine Eugénie, Céline Pitt, Arnaud Weill, Hervé Adamczyk, Annie Bourgade, Éric Charpentier, Gilles Couillard, Sandrine Ducrocq, Élisabeth Ehlinger, Guillaume Loras, Jean-Philippe Pilloux, Philippe Maulnier, Gilles Torché, Élisabeth Gastaldo, Jean-Pierre Stephany (Belgique), Olivier Béguin (Suisse), Jean Bouchard et Marie-Ève Provost (Canada), Emmanuelle Cadot, Virginie Godet et Caroline Pan.

Ainsi qu'à toutes les équipes d'Interforum et d'Editis qui participent à la création, la diffusion et la distribution de ce livre.

Canoros Vehit Canentes

La photocomposition de cet ouvrage
a été réalisée par
GRAPHIC HAINAUT
30, rue Pierre Mathieu
59410 Anzin

MIXTE
Papier
FSC FSC® C003309

L'éditeur de cet ouvrage s'engage dans une démarche
de certification FSC® qui contribue à la préservation
des forêts pour les générations futures.

Pour en savoir plus :
www.editis.com/engagement-rse/

CET OUVRAGE
A ÉTÉ ACHEVÉ D'IMPRIMER
SUR ROTO-PAGE
PAR L'IMPRIMERIE FLOCH
À MAYENNE EN AOÛT 2021

N° d'édition : 62526/02 – N° d'impression : 98829
Imprimé en France